Wunderheilig glänzt die Nacht

Weihnachtsgeschichten, Gedichte

VERA HEWENER

AF289254

Weihnachten ist das große Fest der Liebe. Ob Christbaum, Festmenue oder Geschenke, jedes Jahr versinken wir in den Vorbereitungen, jedes Jahr Trubel, Aufregung und viele Fragen. Wo ist der Nikolaus geblieben? Warum ist Anna allein auf dem Weihnachtsmarkt? Wie hat Krümelchen das Frauchen wiedergefunden? Was hat der Fußball mit der Adventsfeier zu tun? Ist Ochs Ludwig verliebt? Die neuen und ausgesuchten Weihnachtsgeschichten und Gedichte von Vera Hewener wärmen Herz und Seele, geben Zeit zum Auftanken, Zeit, sich berühren zu lassen, Zeit zum Lesen und Vorlesen. Amüsant und nachdenklich zugleich schaffen sie "innige Momente der Geborgenheit und Vertrautheit" (DieWoch 29.10.22), wenn die Nacht wunderheilig wird.

Vera Hewener, Dipl.- Sozialarbeiterin, Jahrgang 1955, mehrfach ausgezeichnet, u.a. Superpremio Mondo Culturale (I) 2002, 1. Preis Deutsche Sprache und Trophäe Novalis (F) 2004, Grand Prix Européen de Poésie (F) 2005, Goethe Trophäe (F) 2007, zuletzt Wilhelm Busch Preis (F) 2017.

Pressesplitter

„Heweners Sprache ist Rhythmus und Malerei." Beatrix Hoffmann, SZ 07.05.02. „Hymnisch-gewaltige Gesänge lassen an Hölderlin und Rilke denken." Jürgen Kück, SZ 17.11.03. „Tief religiöse Gedichte stehen neben humorvollen Balladen und Erzählungen... ein Buch für alle Generationen." SZ, 30.10.14. „Vera Hewener versteht es meisterlich, Fiktion und Realität miteinander zu verknüpfen... viel Raum für Besinnlichkeit und Reflektion." DieWoch Buchtipp 11.10.2017. „Offensichtlich steckt auch ein Schalk in Hewener." Anja Kernig, SZ, 07.12.17. „Einfühlsam geschriebene Geschichten, mal heiter und komisch, mal reflektierend und nachdenklich." DieWoch Buchtipp 10.11.18. „Zauberhaft sind die größtenteils im Saarland angesiedelten Geschichten." Louie, Nachrichtenblatt für Saarlouis, Ausgabe 13/2023.

Wunderheilig glänzt die Nacht

Weihnachtsgeschichten, Gedichte

VERA HEWENER

Die Deutsche Bibliothek verzeichnet diese Publikation in der Deutschen Nationalbibliografie; detaillierte bibliografische Daten sind im Internet unter www.http://dnb.dnb.de abrufbar.

© Alle Rechte vorbehalten. Das Werk, einschließlich seiner Teile, ist urheberrechtlich geschützt. Jede Art der Verwertung ist ohne Zustimmung des Verlages und der Autorin unzulässig. Dies gilt insbesondere für die elektronische oder sonstige Vervielfältigung, Übersetzung, Verbreitung und öffentliche Zugänglichmachung.
© Für die Texte: Alle Rechte bei Vera Hewener.

Umschlaggestaltung unter Verwendung einer Illustration von Jim Cooper auf www.pixabay.com.

Herstellung und Verlag:
BoD – Books on Demand,
Norderstedt

Printed in Germany
1. Auflage 2024
ISBN 9783759723604
12,00 EURO

Inhaltsverzeichnis

Weihnachtsgeschichten

Wunderheilig glänzt die Nacht

W ie märchenhaft es in Saarbrücken schneite! Große Flocken schwebten zu Boden und webten eine dichte Schneedecke. In der weißen Herrlichkeit strahlte der Weihnachtsmarkt am Abend um so heller. Überall funkelten Lichterketten, festliche Dekorationen glitzerten, Wohlgerüche zogen durch die Luft und der Duft von frisch gebrannten Mandeln verwandelte den historischen Sankt Johanner Markt der saarländischen Landeshauptstadt in ein wundervolles Weihnachtsmärchen. Die Baukunst des Barockbaumeisters Friedrich Joachim Stengel rief die Atmosphäre einer vergangenen Epoche wach, als der Tannenbaum noch mit Porzellanglocken geschmückt wurde und Goethe den berühmten Weihnachtsbrief an seinen Freund Johann Christian Kestner schrieb.

Der Besucherandrang an unserem Stand war sehr groß. Wir verkauften allerlei Nadelbäume, darunter Edeltannen, Kiefern und Blaufichten. Ich konnte keine Pause machen. Ständig interessierten sich Weihnachtsmarktbesucher für einen Christbaum. Übrigens soll Goethe nach seiner endgültigen Übersiedlung nach Weimar das sog. „Anputzen" eines Nadelbaums zur Weihnachtszeit eingebürgert haben. Noch 1787 forderte Oberforstmeister von Wedel von der Regierung in Weimar „die gänzliche Ausrottung des Unfugs, der an den Christtagen durch Abhauung der jungen Fichten erwächst." Erst 1870 wurde der Handel mit Christbäumen freigegeben.

Gegenwärtig war die Blaufichte der Verkaufsrenner, als hätte die Weihnachtsbranche eine neue Mode für Weihnachtsbäume auf den Markt gebracht. Jedenfalls wurde dieses Jahr in sämtlichen Weihnachtsmagazinen die Farbe Blau besonders herausgestellt. Blaue Kugeln, blaue Tischdecken, Weihnachtsgedecke mit blauen Mustern, selbst die Kerzen gab es in Blau. Mein Kollege löste mich am späten Nachmittag ab. Ich schlenderte durch die engen Verkaufsgassen und gönnte mir eine Bratwurst mit Pommes Frites.

Da entdeckte ich ein kleines Mädchen neben der Straßenlaterne auf der Bank kauern. Es schien zu frieren, obwohl es eine Wolljacke mit rotem Schößchen, eine Fellmütze und rote Stiefel trug. Als der Weihnachtsmann über den Sankt Johanner Markt flog, stand es auf und bestaunte das Geschehen. Ich dachte mir zunächst nichts dabei, schließlich waren mehrere Kinder ohne Begleitung unterwegs. Nur der traurige Gesichtsausdruck lies mich nicht mehr los.

Am nächsten Tag verkauften wir wieder mehr Edeltannen als Blaufichten. Die Auswahl war noch groß. Unser Lieferant sorgte täglich für Nachschub. Wie verabredet löste mich mein Kollege am Nachmittag ab. Diesmal gönnte ich mir einen Becher Glühwein.

Da sah ich das traurige Mädchen wieder. Ganz allein. Seltsam, dachte ich, ob sie in der Umgebung wohnte? Jeden Tag saß das Mädchen allein auf der Bank. Es beunruhigte mich irgendwann so sehr, dass ich am Ende der Woche einen Becher Tee kaufte und mich neben das Mädchen auf die Bank setzte.

„Du siehst ja so verfroren aus. Ich hab einen Becher Tee übrig. Willst du ihn haben?", fragte ich. Das Mädchen sah mich mit großen braunen Augen an.

„Danke", sagte es artig und nahm den Becher. Ganz langsam trank sie, Schluck für Schluck.

„Bist du ganz allein hier?", versuchte ich, sie in ein Gespräch zu verwickeln.

„Ja. Meine Mama muss arbeiten", antwortete das Mädchen.

„Kommst du jeden Tag hierher?", wollte ich wissen.

„Ja, jeden Tag. Ich freue mich so über den Weihnachtsmarkt und den fliegenden Weihnachtsmann."

„Macht sich deine Mutter denn keine Sorgen, wenn du noch so spät unterwegs bist?"

Jetzt sah mich das Kind misstrauisch an. Ob ich zu neugierig war? „Erzählen sie es ihr bitte nicht, sie weiß nichts davon", bat sie mich inständig.

„Nein, nein, ich will doch nicht, dass du Ärger bekommst. Übrigens, ich heiße Brigitte. Ich verkaufe da drüben die Weihnachtsbäume." Ich zeigte auf unseren Stand. Das Mädchen entdeckte die vielen Christbäume. Jetzt wurden ihre Augen noch trauriger.

„Wir können uns keinen Weihnachtsbaum leisten, obwohl meine Mama arbeitet. Deshalb komme ich hierher. Es ist so schön, wenn alles glänzt und glitzert."

„Du hast recht, es ist hier wie in einem Weihnachtsmärchen. Ja wirklich, als wäre die Nacht wunderheilig. Wie heißt du denn? Wohnst du in der Nähe?"

„Ich heiße Anna. Wir wohnen in der Türkenstraße dreizehn unterm Dach. Aber eigentlich darf ich dir das gar nicht sagen. Meine Mama sagt immer, ich soll nicht mit fremden Leuten reden." Das Mädchen gewann Vertrauen, obwohl wir uns fremd waren.

„Da hat deine Mama auch ganz recht. Rede nicht mit fremden Leuten. Aber siehst du, ich habe dich die ganze Woche hier sitzen sehen. Da sind wir eigentlich keine Fremden mehr. Was meinst du?"

Anna lächelte. „Nein, du könntest auch meine Oma sein. Die kommt auch manchmal zu uns und bringt uns immer leckere Sachen mit."

„Kommt sie denn an Heiligabend auch?" Jetzt wurde das Mädchen wieder traurig und schüttelte den Kopf.

Ich wollte nicht tiefer in sie eindringen, damit sie sich nicht abwendete. Ich musste sie irgendwie ablenken von dieser Traurigkeit. „Hättest du gerne einen Tannenbaum an Heiligabend?"

„Ich träume davon, weißt du. Einen kleinen Tannenbaum hätte ich gerne mit vielen Glocken und Lametta und Kerzen, ja, das wäre schön."

Als sie dies erzählte, strahlte sie über das ganze Gesicht. Dann blickten ihre Augen wieder traurig zu Boden.

„Aber daraus wird ja nichts. Dafür haben wir kein Geld."

Musik erklang. Aus den Lautsprechern tönte das Lied „Rudolf the red nosed reindeer". Der Sprecher sagte, dass der fliegende Weihnachtsmann sich in Gang gesetzt hätte. Anna sprang auf.

„Schau, da kommt er wieder, der Weihnachtsmann. Wenn diese Nacht wunderheilig ist, könnte er uns dann nicht einen Tannenbaum bringen?"

Ich ging zurück zu unserem Stand. Ganz hinten in der Ecke stand ein kleinerer Baum. Ich ging zu meinem Kollegen und bat ihn darum, ihn für mich zu reservieren. Zuhause angekommen nahm ich zwei Schachteln roter Glocken, Kerzen und Lametta aus dem Schrank und steckte sie in eine Tüte.

Am Tag vor Heiligabend nahm ich alles mit zum Markt, verpackte den kleinen Tannenbaum in ein Netz und kaufte eine Weihnachtskarte. Als mein Kollege kam, brachte ich die Sachen in die Türkenstraße, stellte sie vor der Wohnungstür der Dachwohnung ab und verschwand. Hoffentlich hatte mich niemand gesehen. Dann ging ich zurück und gab Anna wieder einen Becher Tee und Plätzchen. Sie freute sich sehr und lachte. Wir waren mittlerweile gute Freunde geworden.

Mein Kollege und ich waren gerade dabei, am Mittag des Heiligen Abends den Stand zusammen zu räumen, als plötzlich eine helle Stimme rief: „Brigitte, Brigitte!"

Ich sah mich um. Es war Anna. Sie war ganz außer Atem. „Ein Wunder, ein Wunder ist geschehen", rief sie. „Brigitte, stell dir vor, der Weihnachtsmann war tatsächlich bei uns zu Haus und hat einen Tannenbaum mit Glocken, Lametta und Kerzen vor unserer Tür abgestellt. Jetzt haben wir auch einen Tannen-baum an Heilig Abend und können richtige Weihnachten feiern." Anna strahlte und lachte über das ganze Gesicht. Und wie Goethe einst an Kestner schrieb, glänzte der Widerschein der Herrlichkeit des Himmels in den Augen dieses Kindes.

„Das ist wirklich ein Weihnachtswunder", sagte ich. Noch einmal gab ich ihr eine Tasse Tee, diesmal aus meiner Thermoskanne und die letzten Plätzchen aus meiner Vorratsdose. Wir verabschiedeten uns mit einer herzlichen Umarmung und sie sagte: „Du bist meine Weihnachtsmarkt-Oma. Darf ich dich so nennen?"

„Aber ja, das ist ganz lieb von dir. Da freue ich mich sehr. Frohe Weihnachten wünsch ich dir Anna und deiner Mama und viel Freude mit dem Weihnachtsbaum."

„Liebe Weihnachtsmarkt-Oma, das wünsch ich dir auch, ein fröhliches Fest. Und vielen Dank für alles." Wir umarmten uns herzlich und Anna lief wieder nach Hause. Ich habe Anna nicht mehr wiedergesehen. Im Jahr darauf verkauften wir die Weihnachtsbäume in einer anderen Stadt. Wenn in der Nacht die Sterne flimmern und glänzen, muss ich immer an Anna denken, an ihre Freude und das wiedergefundene Lächeln in ihren Augen.

Krampus sucht den Nikolaus

*A*m Nikolausabend hatte Wachtmeister Meyer die Notbesetzung in der Notrufzentrale von Sankt Moritz übernommen. In letzter Zeit kam es zu mehreren Diebstählen. Er las in der Zeitung und amüsierte sich über eine Meldung. „Ha, wie kann man denn so naiv sein und lässt sich vom Nikolaus ausrauben. Leute gibt's. Glauben einfach alles, was man ihnen erzählt." Die Tür ging auf und ein als Krampus verkleideter Herr mit einem Sack stürmte in die Notrufzentrale. „Grüezi, guter Mann. Ich möchte eine Vermisstenanzeige aufgeben."

„Ja, Grüezi mein Herr. Wen vermissen sie denn?" Wachtmeister Meyer war neugierig.

„Ich hab den Nikolaus verloren", sagte der Fremde verzweifelt.

Herr Meyer stutzte. War das vielleicht einer von den Feiertagsganoven? Er fragte: "Wie bitte, den Nikolaus?"

„Ja", bestätigte der Mann, „den Nikolaus."

Herr Meyer blickte ungläubig. „Aha, sie haben also einen Nikolaus verloren?"

„Ja, jeder Krampus hat einen Nikolaus," beteuerte der Hilfesuchende.

„Der Nikolaus gehört ihnen?" Da wollte ihn jemand auf den Arm nehmen.

„Nein, natürlich gehört er mir nicht. Einen Nikolaus kann man nicht besitzen, nur wenn er aus Schokolade ist." Der Krampus war entnervt. Was sollten bloß diese Fragen?

„Wenn ihnen der Nikolaus nicht gehört, können sie auch keine Vermisstenanzeige aufgeben. Verlieren kann man nur etwas, was einem gehört", klärte Herr Meyer auf.

„Aber der Nikolaus wird in einer Stunde gebraucht", bedrängte ihn der Mann.

„Wenn der Nikolaus ihnen nicht gehört, sind wir nicht zuständig", sagte Herr Meyer lapidar.

„Wie, nicht zuständig?" Der Krampus blickte ihn ungläubig an. Wo war er denn hier gelandet?

„Wir sind die Notrufzentrale, nicht die Gendarmerie. Zu wem gehört denn dieser Herr Nikolaus?", fragte der Wachtmeister.

„Zum lieben Gott natürlich, zu wem denn sonst!" Der Krampus wurde ungehalten.

„Zum lieben Gott? Hören sie mal, die Basler Fasnet ist erst nach Weihnachten", unkte der Wachtmeister.

„Basler Fastnet? Was hat das mit der Basler Fasnet zu tun?" Der Hilfesuchende begann sich zu ärgern.

„Na, so wie sie aussehen! Haben sie schon mal in den Spiegel geschaut. Sie kommen wohl von einer Kostümprobe", amüsierte sich Herr Meyer.

„Ich bin der Krampus, verdammt nochmal, der Begleiter des Nikolaus", erregte sich der Mann.

„Und ich bin Jesus, der Sohn Gottes."

„Sind sie noch ganz bei Troste?", wetterte der Hilfesuchende. „Wir haben heute Nikolaustag, deshalb renne ich so herum und suche den Nikolaus."

Vielleicht meinte der Fremde es doch ernst. „Sie meinen den Nikolo, den heiligen Sankt Nikolaus?"

„Wen denn sonst!", schrie der Hilfesuchende.

„Und sie glauben, dass ich ihn für sie suchen soll?" Wachtmeister Meyer fühlte sich überfordert.

„Ganz genau. Der Nikolaus ist nicht zum vereinbarten Treffpunkt erschienen", erklärte der Krampus.

„Wo um alles in der Welt soll ich ihn denn suchen, vielleicht am Nordpol?", fragte Herr Meyer gereizt.

Der Hilfesuchende, bemühte sich, die Situation nicht eskalieren zu lassen. „Jetzt werden sie mal vernünftig, das ist eine ernste Sache. Wenn heute der Nikolaus nicht in das Kinderheim kommt, steht morgen in der Zeitung, ‚Nikolo in Sankt Moritz verschwunden, Krampus suchte vergeblich nach Hilfe'. Das wäre eine schlechte Werbung für den Tourismus und auch für die Notrufzentrale!“

„Vielleicht ist er aufgehalten worden bei dem Wetter“, suchte Herr Meyer nach einer Erklärung.

„Aber das Wetter hat sich doch wieder beruhigt, es schneit doch gar nicht mehr.“

„Hier nicht, aber am Nordpol vielleicht.“

Der Krampus konnte diese Haltung überhaupt nicht verstehen. Was hatte dieser Mann nur für ein Problem? War er vielleicht in die Fernsehsendung ‚Verstehen Sie Spaß' geraten und Kurt Felix hatte sich als Wachtmeister verkleidet?

„Sagen sie mal, sind sie überhaupt ein Nothelfer?“

„Was glauben sie denn, warum ich hier sitze?“, empörte sich nun Herr Meyer.

„Vielleicht um anderen zu helfen?“, fragte das Gegenüber sarkastisch.

„Aber ihnen kann ich nicht helfen. Wo um Himmels Willen soll ich denn einen Nikolaus hernehmen?“ Herr Meyer war laut geworden. Plötzlich hatte der Mann eine Idee. „Moment mal, sie könnten doch den Nikolaus spielen. Ich besorge ihnen schnell ein Kostüm.“

„Das geht nicht“, wehrte sich Herr Meyer, „ich kann hier nicht weg.“

„Aber die Kinder warten doch schon. Haben sie ein Herz. Das ist doch auch ein Notfall!“, flehte der Herr ihn an.

„Für solche Einsätze sind wir nicht ausgebildet.“ Wachtmeister Meyer wollte diesen aufdringlichen Krampus nun loswerden.

„Das brauchen sie auch nicht. Die Namensliste und die Geschenke habe ich hier in meinem Sack. Auch, was sie zu jedem Kind sagen sollen, steht auf dem Zettel da."

Der besorgte Krampus kramte in seinem Sack und wedelte mit dem Zettel vor seiner Nase herum.

„Da, schauen Sie. Ich hol in der Zwischenzeit ein Kostüm."

„Aber ich kann die Notrufzentrale nicht unbesetzt lassen. Ich bin ohnehin die Notbesetzung, weil Nikolausabend ist", rief ihm Wachtmeister Meyer.

Die Tür ging auf. Ein Mann im Nikolauskostüm kam herein und ging direkt auf Herrn Meyer zu.

„Hallo, Herr Wachtmeister, sie müssen mir unbedingt helfen. Ich möchte eine Vermisstenanzeige aufgeben. Ich habe den Krampus verloren. Ohne ihn kann ich die Bescherung im Kinderheim nicht machen. Er hat sämtliche Unterlagen."

Der Krampus drehte sich um und sah den Nikolaus. Die Sorgenfalten verschwanden sofort. Sein Blick hellte sich auf und er lachte. Dann schlug er die Hände über dem Kopf zusammen: „Ja, das gibt es nicht. Sie sind es, Herr Winter! Ich habe sie überall gesucht und ebenfalls eine Vermisstenanzeige aufgegeben."

„Gott sei Dank, dass wir uns gefunden haben. Dann können wir jetzt endlich zum Kinderheim rennen. Vielen Dank Herr Wachtmeister, nichts für ungut. Aber das war wirklich eine schwierige Situation", erklärte der Nikolaus.

„So, so", witzelte Wachtmeister Meyer, „der Nikolo, der Nikolo, macht alle Kinderherzen froh."

„Entschuldigen sie bitte meine Ungeduld. Verstehen sie, die Kinder! Jetzt sind wir ja wieder zusammen", bedankte sich der Krampus. „Die Bescherung kann stattfinden."

„Ja, ja, was Gott verbindet, soll der Mensch nicht trennen", bestätigte Herr Meyer.

Der kleine Engel

Der kleine Engel Felix wollte unbedingt wie die großen Engel dem heiligen Nikolaus bei der Bescherung der Menschenkinder helfen. Nikolaus aber meinte, dass er noch zu klein sei und erst in die Abläufe eingeführt werden müsste. Denn die Aufgabe sei von großer Wichtigkeit. Felix aber war davon überzeugt, dass er auch ohne Anleitung dem Nikolaus helfen könnte. Zum Beispiel bei der Einsammlung von Geschenken. Er hatte schon oft beobachtet, dass man im Wichteldorf bereits nach der Sommerpause eifrig mit der Geschenkeproduktion beschäftigt war. Wenn er hier und dort ein kleines Paket entnehmen würde, bekäme er bestimmt genug Geschenke für die Bescherung zusammen. Und so kleine Geschenke würden sicher nicht vermisst werden.

Im Wichteldorf herrschte unterdessen geschäftiges Treiben. Man baute und klopfte, strickte und häkelte, schneiderte, malte und bastelte. Überall in den Werkstätten lagen Reste von Stoff, Wolle, Holz, Papier, Farbstifte oder Bauteile herum. Die vielen Eisenbahnen, Autos, Puppen, Kleider, Schals, Mützen und andere Dinge wurden sofort verpackt und in das Geschenkelager transportiert. Felix hatte sich dort versteckt, um die kleinen Pakete herauszusuchen. Jeden Abend kam er vorbei und steckte drei Geschenke in seinen Beutel. Auch er hatte jetzt eine Geschenkekammer. Irgendwann fiel den Wichteln auf, dass der Geschenkevorrat nicht so wuchs, wie es hätte sein müssen. Merkwürdig, ob da eine Weihnachtsmaus sich zu schaffen machte? „Was machen wir denn da", fragte der Oberwichtel. „Vielleicht schaffen wir es nicht, genügend Geschenke anzufertigen. Da bleibt nichts anderes übrig, als unsere Arbeitszeit zu erhöhen."

Die Arbeitswichtel nickten und waren damit einverstanden. Schließlich wollten sie die Menschenkinder nicht enttäuschen. Also erhöhten sie die Arbeitszeit und schufteten jetzt noch länger.

Felix freute dies, denn so konnte er anstatt wie bisher drei Pakete nun vier Pakete mitnehmen. Seine kleine Kammer war überfüllt. Wäre jemand zu ihm gekommen, wären die Pakete aus der Tür gepurzelq1t.

Schließlich nahte der Tag, an dem Nikolaus den Schlitten bepacken würde. Die Wichtel kamen mit einer großen Kutsche und luden die Geschenke in den Schlitten. Auch Felix schnappte sich seinen Sack und schleppte ihn zu Nikolaus.

„Felix, was hast du denn da?" fragte Nikolaus.

„Schau, Nikolaus, ich habe auch Geschenke für die Menschenkinder. Soll ich sie in den Schlitten packen?", fragte der kleine Engel stolz.

„Wo hast du die denn her? Hast du sie selbst gemacht?", wollte Nikolaus wissen.

Felix druckste herum. „Nicht ganz, ich habe sie gefunden und gesammelt."

„So, so", murmelte Nikolaus, konnte aber nicht glauben, dass er die Geschenke gefunden hatte. Was hatte der kleine Engel nur angestellt. „Nun Felix, dann danke ich dir für deine Unterstützung."

Die Wichtel kamen herbeigeeilt, um Nikolaus eine gute Fahrt zu wünschen. Die Rentiere stellten sich auf, Nikolaus legte ihnen das Geschirr an. Der Oberwichtel ging an den Schlitten, um die Leinen festzuziehen. Er stutzte. Was war das denn? Waren das nicht die vielen kleinen Pakete, die sie vermissten?

„Heiliger Nikolaus, wo hast du denn die kleinen Pakete her. Wir suchen sie schon seit Wochen, konnten sie aber nicht finden."

„Die hat mir der kleine Engel Felix gebracht. Er sagte, er hätte sie gefunden." Dabei blickte er Felix nachdrücklich in die Augen. Sollte er etwa die Geschenke entwendet haben? Felix versank vor Scham im Schnee.

„Ich muss dir ein Geständnis machen. Die Pakete habe ich aus dem Lager mitgenommen. Weil sie so klein sind glaubte ich, niemand würde sie vermissen", stotterte der kleine Engel.

„Du hast sie also gestohlen?", fragte Nikolaus mit strenger Stimme.

„Ich wollte mich auch beteiligen. Für mich hab ich sie nicht mitgenommen, sondern für die Menschenkinder."

Felix blickte reuevoll auf den Boden. „Entschuldigt bitte, dass ich soviel Verwirrung gestiftet habe."

Der Wichtelmeister sah, wie gedemütigt der kleine Engel Felix in die Wolken starrte. Er tat ihm leid. Hätte er doch nur nichts gesagt. Den Menschenkindern war doch egal, wer die Geschenke gemacht hatte. Hauptsache, sie kamen vom heiligen Nikolaus. „Wie kann ich das wieder gut machen?", fragte Felix mit leiser Stimme.

„Nun, kleiner Felix, deine Weihe zum großen Engel wird sich verschieben. Um dich zu bewähren, ob du trotzdem als Engel geeignet bist, wirst du bei der nächsten Geschenkeaktion im Wichteldorf mitarbeiten. Dann werden wir sehen, ob du zum großen Engel befördert werden kannst", sagte Nikolaus ernsthaft, aber doch mit nachsichtigem Blick.

„Danke heiliger Nikolaus. Ich werde alles tun, was du verlangst." Nikolaus nickte. Er wusste, dass der kleine Engel im Übereifer falsch gehandelt hatte, aber in seinem Inneren eine gute Seele blühte. Die Augen des kleinen Engels begannen wieder zu leuchten. Denn eigentlich empfand er dies nicht als Strafe. Er freute sich darauf, im Wichteldorf mitzuarbeiten. Dort konnte er nämlich alles erfahren, was er als großer Engel über den Geschenkebrauch wissen musste.

Krümelchen kehrt heim

Rudi Weiland lebte seit vier Jahren im Seniorenwohnstift. Seine liebe Frau Gertrud war vor sieben Jahren von ihm gegangen. Ihnen waren leider keine Kinder vergönnt gewesen. Obwohl Gertrud darunter sehr litt, beklagte sie sich nie. Stattdessen gründete sie einen Förderverein für die örtliche Kindertagesstätte und übernahm den Vorsitz des Müttervereins. Ja, seine Frau war eine gute Seele.

Als sie gestorben war begriff er erst, wie verloren und allein er ohne sie war. Er baute körperlich zusehends ab. Bald fiel es ihm schwer, sich selbst zu versorgen und er entschloss sich, mit fünfundsiebzig Jahren in den Seniorenwohnstift in der Stadtmitte zu ziehen.

Obwohl es vielfältige kulturelle Angebote gab war es gar nicht so einfach, neue Bekanntschaften zu schließen. Viele hatten noch Angehörige, die sie regelmäßig besuchten. In seinem Alter eine engere Beziehung einzugehen war zwar nicht ungewöhnlich. Dafür gab es auch im Seniorenwohnstift gute Beispiele. Aber er konnte Gertrud nicht vergessen. Immer wenn die Kontakte sich vertieften, bekam er das Gefühl, Gertrud zu betrügen. So galt er bald als ein Einzelgänger.

Vor vier Wochen war Susanne Wagner ins Haus gezogen. Sie wohnte auf seiner Etage. Auch sie hatte keine Kinder und Angehörigen mehr. Irgendwie fühlte er sich mit ihr verbunden. Sie teilten das gleiche Schicksal. So kamen sie sich langsam näher.

Rudi Weiland hatte die Angewohnheit, frühmorgens in der Außenanlage spazieren zu gehen. Er genoss diese friedliche Ruhe, sie schenkte ihm Kraft. Eines Morgens, als er wieder unter der Eiche stand und den Vögeln zuhörte, die nicht im Herbst weggeflogen waren, kam ein kleiner Hund angelaufen, eine Promenadenmischung. Seine Schlappohren erinnerten an einen Dackel, das Fell war kurzhaarig und braun.

„Was willst du denn hier?" sagte er und strich ihm über den Rücken. Der Hund wedelte mit dem Schwanz, schnüffelte an ihm herum und mieferte. Es klang wie ein wehmütiges Jaulen.

„Was ist denn mit dir passiert? Hast du kein zu Hause?" Der Hund schüttelte sich und wich ihm nicht von seiner Seite. Als er zurück ins Gebäude ging, blieb er vor dem Eingang sitzen. Er hätte ihn gerne mitgenommen. In diesem Haus aber waren Haustiere aus hygienischen Gründen nicht erlaubt.

Irgendwann im Laufe der Woche reifte in ihm der Entschluss, ihn dennoch mitzunehmen und auf sein Zimmer zu schmuggeln. Hundefutter musste er sich besorgen und einen Handstaubsauger, um die Haare zu entfernen. Wenn er täglich mit ihm frühmorgens Gassi ging, konnte eigentlich nichts passieren.

Längst hatte er einen Namen gefunden. Er rief ihn Peterle. Tags darauf setzte er seinen Entschluss in die Tat um und schmuggelte Peterle in einer Tasche auf sein Zimmer. Kam jemand ins Zimmer, versteckte er ihn im Bad. Die Freundschaft zu Susanne Wagner wurde indes immer intensiver. Sie spielten Schach zusammen, besuchten gemeinsam das Theater und Konzerte.

Es war Vorweihnachtszeit und welche Zeit hätte passender sein können, ihr das Du anzubieten. Beide freuten sich, dass sie einen Menschen gefunden hatten, dem sie vertrauen konnten. Allerdings traute sich Rudi noch nicht, ihr von Peterle zu erzählen.

Sie waren zum Nachmittagskaffee verabredet, aber Rudi kam nicht. Kurzentschlossen klopfte sie an seine Tür und er bat sie herein. Kaum hatte sie sich auf den Stuhl gesetzt, ging die Badetür auf und Peterle stürmte herein. Er sprang an ihr hoch, schnüffelte und mieferte herzergreifend.

„Krümelchen, wo kommst du denn her?" freute sie sich, streichelte und küsste den Hund.

„Du kennst Peterle?" fragte Rudi erstaunt.

„Das ist Krümelchen, mein Hund. Ich konnte ihn doch nicht mitnehmen und habe ihn in einem Tierheim abgegeben. Wie hast du ihn gefunden?" Frau Wagner liefen Tränen über die Wangen.

„Er ist mir draußen im Garten zugelaufen und wich nicht mehr von meiner Seite", verriet der neue Freund.

„Er muss wohl meinen Geruch an deiner Kleidung wahrgenommen haben. Anders kann ich mir das nicht erklären." Frau Wagner kraulte Krümelchen den Rücken und dieser leckte das Frauchen ab. Seither wurde die Freundschaft zu Rudi noch inniger, denn nun verband sie ein Geheimnis.

Die Heimleitung unterdessen beschäftigte sich mit neuen Konzepten der Altenpflege. Therapeutische Tiere wurden in den Fachzeitschriften angepriesen, insbesondere für Menschen, die an Demenz erkrankt waren. Man beschloss, einen therapeutischen Hund einzusetzen, schließlich wollte man der Entwicklung nicht hinterherhinken. Dies sollte bei der Adventsfeier verkündet werden.

Derweil wurde es immer schwieriger, Krümelchen vor den anderen und dem Pflegepersonal zu verstecken. Rudi hatte zwar einen Handstaubsauger besorgt. Alle Haare zu entfernen stellte ihn hin und wieder vor ein Problem.

Irgendwann fiel der Reinigungskraft auf, dass auf dem Sofa fremde Haare fuselten. Sie war sich sicher, dass diese von einem Tier stammen mussten und meldete dies der Altenpflegerin. Tags darauf klopfte sie zur Überprüfung bei Herrn Weiland an die Tür. Sie war gezwungen, den Dingen auf den Grund zu gehen. Die Altenpflegerin wollte Herrn

Weiland gerade darauf ansprechen, ob er einen Hund beherbergte, als Frau Wagner ins Zimmer kam. Krümelchen kam sofort aus dem Bad gestürmt, um das Frauchen zu begrüßen.

„Da erübrigt sich meine Frage. Sie wissen, dass ich das melden muss. Tierhaltung in den Zimmern ist aus hygienischen Gründen nicht möglich."

„Aber das ist mein Hund Krümelchen, den ich im Tierheim abgeben musste, weil sie hier keine Haustiere erlauben. Er hat mich trotzdem wiedergefunden. Bitte nehmen sie ihn uns nicht weg. Er ist die einzige Verbindung zu meinem früheren Leben." Frau Wagner sprach mit gebrochener Stimme, ihre Augen flehten sie an.

„Es tut mir sehr leid, aber ich muss das melden. Bitte haben sie dafür Verständnis. Vielleicht finden wir eine Lösung für alle Beteiligten", versprach die Altenpflegerin, die von der tiefen Bedeutung des Haustieres für Frau Wagner gerührt war. Als die Altenpflegerin gegangen war, konnte Susanne Wagner ihre Tränen nicht mehr zurückhalten und weinte bitterlich. Rudi hatte alle Mühe, sie zu trösten. Nach einer Stunde klopfte es. Der Heimleiter stand in der Tür.

„Darf ich hereinkommen?" fragte er. Herr Weiland bot ihm einen Stuhl an.

„Nun, sie werden verstehen, dass wir aus hygienischen Gründen die Tierhaltung in den Zimmern nicht gestatten können. Aber ich habe einen Vorschlag für sie."

Frau Wagner war aufgeregt. Ihr Herzschlag hatte sich verdoppelt und sie atmete schwer.

„Also, wir haben in der letzten Sitzung des Beirates beschlossen, für das Haus einen therapeutischen Hund zuzulassen. Da ihr Hund das Haus bereits kennt, würden wir ihn zu einem therapeutischen Hund ausbilden lassen. So kann er in ihrer Nähe bleiben. Nur nicht im Zimmer. Eine Kollegin würde die Tierpflege übernehmen und er bekäme ein

Hundezimmer im hinteren Gebäudetrakt. Sie können mit ihm Gassi gehen und zum Spazieren mitnehmen. Allerdings können auch andere Bewohner den Hund sozusagen buchen. Das müssten sie in Kauf nehmen. Könnten sie sich damit anfreunden?"

Mit jedem Wort hellte der Blick von Frau Wagner mehr und mehr auf. Aus der tiefen Traurigkeit wurde eine überbordende Freude.

„Ich könnte sie küssen. Verzeihen sie diesen Ausdruck. Aber das ist das schönste Geschenk, das sie mir machen können. Vielen, vielen Dank." Frau Wagner umarmte den Heimleiter und weinte nun vor Freude.

„Schon gut, wir wollen, dass sich die Bewohner hier wie zu Hause fühlen. Wir werden dies auf der Adventsfeier bekanntgeben. Krümelchen wird eine Kollegin abholen, sobald wir das Hundezimmer eingerichtet haben."

„Hörst du, Krümelchen, jetzt wirst du für alle hier eine große Freude sein. Du bist das schönste Weihnachtsgeschenk des ganzen Wohnstiftes."

Die Adventsfeier kam, der therapeutische Hund wurde vorgestellt und Krümelchen avancierte in kurzer Zeit zum liebsten Kameraden der Bewohner. Rudi und Susanne wurden die besten Freunde und kümmerten sich weiter rührend um den Hund, der nun im wahrsten Sinne des Wortes zum Haustier geworden war.

Das kleine Glöckchen

S eit vielen Monaten lag das kleine goldene Glöckchen in der Abstellkammer inmitten der Dekorationsartikel für das ganze Jahr in einer Schachtel. Alle Dinge dienten bereits der Familie, die Osterhasen, die getrockneten Rosen, der Herbstdrache, die Laternen, ja sogar das Schiff und die vielen Seesterne konnten wieder das Licht der Welt erblicken. Das kleine goldene Glöckchen hingegen musste im Dunkeln bleiben und schweigen. Dabei hatte es mit seinem reinen Glockenklang soviel zu erzählen. An einem Tannenzweig wollte es hängen und den Advent einläuten. Zumindest aber den Adventskranz verschönern mit seinem Goldglanz. Aber nichts. Es wurde nicht gebraucht. Vor lauter Kummer zog es den Schlegel ganz ein, bis er klemmte. Wenn es schluchzte, weil wieder ein anderes Dekorationsobjekt den Vorzug bekam, schlug der Schlegel kurz an und tönte jämmerlich. Das Eichhörnchen, das ebenfalls noch nicht zum Einsatz kam, erschrak jedes Mal.

„Musst du so schrecklich traurig klingen? Wir sind alle auf Wartestation vor unserem Einsatz und jammern nicht, wenn andere Dinge bevorzugt werden", mahnte das Eichhörnchen, das seinen buschigen Schwanz pflegte.

„Aber ich kann nur in der Weihnachtszeit klingen. Mein Schlegel beginnt schon zu rosten", wandte das Glöcklein ein.

„Glocken rufen das ganze Jahr die Menschen zum Gebet. Wie wäre es, wenn du darauf hoffen würdest, außerhalb der Weihnachtszeit dein Werk verrichten zu können?", vertröstete das Eichhörnchen das Glöcklein.

„Die Menschen sehen mich aber nicht, weil ich so klein und unscheinbar bin", trauerte es weiter.

„Wenn du dich nicht aufrappelst, wird dich niemand beachten. Klinge doch, wenn die Menschen zu uns kommen und nach den rechten Dingen suchen."

Das Eichhörnchen hat gut reden, dachte das Glücklein. Es stand mitten im Regal und war für jeden sichtbar. „In der Schachtel kann ich mich nicht bewegen. Sie ist so eng, dass ich den Schlegel nicht zum Klingen bringen kann."

Hm, dachte das Eichhörnchen, das ist vielleicht ein Problem. „Soll ich die Schachtel aufklappen, damit du läuten kannst?", fragte das Pelztier.

„Das wäre schön, wenn du mir helfen würdest", bekannte das Glöckchen. Das Eichhörnchen machte sich ans Werk und wollte gerade damit beginnen, die Schachtel zu öffnen. Da ging die Tür auf und ein Mädchen suchte nach Herbstdekorationen.

„Au fein. Da ist ja das Eichhörnchen. Mama hat dich nicht gefunden. Ich nehm dich jetzt mit und stell dich auf die Fensterbank neben die Kastanien", freute sich das Töchterlein und nahm das Eichhörnchen mit.

Jetzt jammerte das Glöckchen noch erbärmlicher. Der Schlegel hörte sich wie ein dumpfes Klopfen an. Die Tage vergingen und nacheinander verschwanden auch die Laternen, die Strohsterne und das Lametta aus dem Regal. Seine Schachtel lag immer noch völlig unscheinbar da. Offenbar wollte niemand so ein kleines Glöckchen aufhängen. Die Menschen suchten nach den großen Dingen, solchen, die direkt ins Auge fielen und keine Aufmerksamkeit erforderten.

Irgendwann raschelte es, irgendetwas oder irgendjemand wuselte im Regal herum. Ob die Hauskatze sich verirrt hatte, fragte sich das Glöckchen und versuchte, den Schlegel zu bewegen. Doch es klopfte wieder nur dumpf und stumpf wie ein rostiger Nagel. Dann fielen ein paar Dinge auf den Boden und schepperten laut. Eine Maus piepste verängstigt und stupste die Schachtel um, in der das Glöckchen lag. Dann hörte es ein Fauchen und just fiel die Schachtel zu Boden. Sie klappte auf und das Glöckchen rollte hinaus.

„Ah", stieß es aufatmend aus und schüttelte sich. Der kleine Schlegel löste sich und begann wie ein Engel zu klingen. Die Tür ging auf. „Was ist denn das? Minka, komm sofort heraus, hörst du. Die Maus kannst du später fangen", rief die Mutter. Das Glöckchen begann vor Freude über die Befreiung zu strahlen und zu funkeln und klang in den himmlischsten Tönen.

„Da bist du ja, mein kleines Glöckchen", rief die Mutter überrascht. „Ich hab dich überall gesucht. Ohne dich kann die Bescherung nicht beginnen." Sie hob das Glöckchen auf und trug es ins Wohnzimmer.

Am Heiligabend durfte es endlich seine Aufgabe wahrnehmen und klang so hell und wunderbar, dass die Augen der Kinder vor Freude strahlten. Endlich, dachte das Glöckchen, ich habe meine Aufgabe erfüllt. Weihnachten ist doch das schönste Fest für so ein kleines Glöckchen wie mich. Der Schlegel klingelte herzergreifend und das Gold funkelte und flimmerte.

„Wo hast du denn das schöne Glöckchen her?", fragte das Töchterlein und nahm es ganz behutsam in die Hand. „Darf ich es in mein Zimmer mitnehmen? Dann kann ich es immer klingen hören, so als ob jeden Tag Weihnachten wäre."

„Aber ja, nimm es nur mit, wenn es dir Freude macht", sagte die Mutter.

Das Herz des Glöckchens hüpfte vor Freude, der Schlegel schlug unentwegt hin und her und der helle, engelreine Ton wärmte das ganze Haus.

So ein Theater!

F rau Nikolaus war die Vorsitzende des örtlichen Elisa-
bethenvereines. Auch in diesem Jahr sollte eine Weihnachtsfeier für die Mitglieder organisiert werden. Um einen
Raum, der groß genug war, zu reservieren, rief sie im Hotel
Excelsior an. Portier Giovanni Calabrese saß in der Anmeldung. Er blätterte im Veranstaltungskalender der Landeshauptstadt Saarbrücken. „Du lieber Himmel. Sarrbrucken ist
ein ganzes Theaterplatz. Überall Stände und Buden. Moment, da ist noch Platz frei." Das Telefon klingelte. Er hob ab.
„Ist dort der Portier?" fragte eine Frau.

„Hier iste Hotel Excelsior, Giovanni Calabrese am Apparat."

„Hier ist Frau Nikolaus vom Elisabethenverein. Ich
möchte gerne eine Weihnachtsfeier bei Ihnen buchen."

„Eine Weihnachtsfeier für Nikoloverein. Hier iste Hotel
Excelsior, kein Theater", erklärte der Portier.

„Wie Theater? Eine Weihnachtsfeier ist doch kein Theater." Frau Nikolaus war irritiert. Hatte sie die falsche Nummer gewählt?

„Nikolofrau, Verein iste großes Schauspiel", erklärte er.
Frau Nikolaus verstand nicht. „Wer stellt sich denn hier zur
Schau?"

„Ich nicht wissen. Sie wollen doch Theater buchen. Wir
sind Hotel Excelsior, nicht Hänsel und Gretel."

„Ach so, sie meinen die Oper Hänsel und Gretel. Nein, nein,
das haben sie völlig falsch verstanden", meinte die Vorsitzende.

„Ich habe gut verstanden. Hören noch sehr gut. Brauche
kein Hörgerät", ereiferte sich der Portier.

Frau Nikolaus wollte das Missverständnis aufklären.
„Aber sie haben nicht begriffen, was ich meine. Ich möchte

für unsere Weihnachtsfeier einen großen Raum buchen mit mindestens zwölf Tischen."

„Wir aber keine Sporthalle, hier Hotel Excelsior mit gutem Ristorante, Pizza, Pasta, bella, bellissima." Giovanni Calabrese empörte sich. Wie konnte man sie bloß mit einer Sporthalle vertauschen. Sie waren für ihre Pizza und Pasta berühmt in der Stadt.

„Sporthalle? Wir sind doch kein Sportverein. Wir sind der Elisabethenverein. Wir wollen eine Weihnachtsfeier organisieren", entfuhr es Frau Nikolaus unversehens. Ihre Stimmung drohte zu kippen. Das war aber auch ein ärgerliches Gespräch. Und das vor Weihnachten.

„Wenn sie wollen Tische am Weihnachtsmarkt, ich mussen bei Stadt nachfragen. Zwölf Tische ist aber großes Platz, kosten viel Gebühr." Wie gut, dass er vorhin im Veranstaltungskalender geblättert hatte. Womöglich hätte er nicht gewusst, wo er nachschauen sollte. Er nahm den Anmeldebogen für den Weihnachtsmarkt heraus und suchte nach den Bedingungen. „Hier stehen für laufendes Meter dreißig Euro", beteuerte Giovanni Calabrese.

Der Portier schien ein Geschäft mit ihr machen zu wollen. Doch dafür hatte sie jetzt keinen Nerv. „Die Gebühr ist egal. Wir benötigen einen großen Raum."

Die Vorsitzende des Elisabethenvereins hoffte, dass der Portier endlich verstehen würde.

„Frau Nikolo, bitte, sollen ich mite Dach buchen, da ist noch Platz frei?" vergewisserte sich der Portier.

„Genau, mit Dach. Wir wollen nicht im Schnee feiern", entgegnete die entnervte Vorsitzende.

„Stadt räumen immer Schnee", erwiderte er.

„Hoffentlich. Sonst kommen wir vielleicht nicht an. Also haben sie nun Platz für zwölf Tische?" fragte Frau Nikolo mit Nachdruck.

„Ich mussen nachfragen. Wir Ristorante, kein Saarbrucker Weihnachtsmarkt", erklärte Giovanni Calabrese.

„Ist das so schwierig, zu verstehen, was ich möchte. Sie machen ja ein richtiges Theater aus einer Reservierung." Frau Nikolaus war gereizt.

„Ich nix Theatermacher, hier Giovanni Calabrese, Hotel Excelsior. Wollen sie nun großes Platz oder doch lieber Trauerspiel?" Auch der Portier klang nicht mehr freundlich.

„Eine Weihnachtsfeier ist doch kein Trauerspiel! Da wird gesungen, gelacht und Gedichte vorgetragen", rief Frau Nikolaus empört in den Hörer.

„Ach, sie sind Choro. Ich singen auch in Choro italiano." Der Portier begann, oh du fröhliche zu singen. „Iste italienische Lied. Sie kennen? Wollen doch lieber Bühne buchen?" Jetzt freute sich Giovanni.

„Nein, zum Donnerwetter noch einmal," brüllte sie in den Hörer. „Ich will zwölf Tische bei ihnen buchen, keine Bühne."

Der Portier war beleidigt. Was für eine unhöfliche Person diese Frau doch war. Dabei hatte er nur nett sein wollen. „Also gut. Soll ich buchen für zwölf Tische mite Dach?"

„Ja, tun sie das bitte." Frau Nikolaus bemühte sich um Contenance.

„Gut. Dann ich mussen nachfragen, ob Platz noch frei."

„Gut, dann fragen sie bitte nach und rufen dann zurück." Frau Nikolaus legte auf. Gottseidank, dachte sie, das ist ja ein Abenteuer, in Saarbrücken eine Weihnachtsfeier zu organisieren.

Das Telefon klingelte. Frau Nikolaus hob ab. „Und, hat es geklappt? Sind die Tische noch frei?"

„Ja, Platz für zwölf Standtische am Sankt Johanner Markt noch frei. Singen ist aber verboten. Haben eigenes Theaterchor."

Glühwein für alle

I n der Landeshauptstadt war die Kasse mal wieder leer. Schuld daran war der Fußball. Seitdem der örtliche Verein alle Pokalspiele gewonnen hatte, stand der Rasen ständig in der Diskussion. Er musste dringend erneuert werden, sonst hätte eine Absage und Verlegung des nächsten Spiels in ein neutrales Stadion gedroht. Die ganze Aktion war so teuer geworden, dass eine Haushaltsperre notwendig wurde und überall gespart werden musste. Jetzt sollte sogar die Weihnachtsfeier für die Bediensteten dem Fußball zum Opfer fallen. Das wollte der Oberbürgermeister nicht hinnehmen und rief seinen persönlichen Referenten und Pressesprecher an.

„Der Meyer soll reinkommen", sprach der Oberbürgermeister in den Telefonhörer. Es klopfte. Herr Meyer, der persönliche Referent und Pressesprecher, betrat das Büro.

„Guten Morgen Herr Oberbürgermeister", sagte Herr Meyer und setzte sich.

„Guten Morgen Herr Meyer. Mir ist zu Ohren gekommen, dass wir die Adventsfeier absagen sollen? Stimmt das tatsächlich?", fragte der Verwaltungschef ungehalten.

Herr Meyer sah betrübt aus. „Nun ja, die Stadtkasse ist leer. Leider besteht die einzige Möglichkeit, mehr zu sparen darin, die geplante Weihnachtsfeier abzusagen."

„Das kommt überhaupt nicht in Frage. Den Betriebsfrieden aufs Spiel setzen, bloß weil wir wieder einmal klamm sind."

„Wir setzen sonst die Liquidität aufs Spiel", bemerkte Herr Meyer geflissentlich.

„Niemand kann uns verbieten, einen Kredit aufzunehmen. Auch nicht das Rechnungsprüfungsamt", empörte sich der Verwaltungschef.

„Wir werden keinen Kredit mehr erhalten. Unsere Bonität wurde weiter herabgesenkt."

„Wer setzt denn unsere Bonität herab, um Himmels Willen. Die Stadt ist immer kreditwürdig!", polterte der Oberbürgermeister.

„Wenn die Schuldenbremse greift, hilft auch kein Beten mehr, Herr Oberbürgermeister. Auch die Adventsfeier kann die Kasse nicht gnädig stimmen. Oder meinen sie, die Engel würden Euros regnen lassen?"

„Engel, Engel. Die Stadt braucht einen Goldesel, keine Engel. Wieso haben wir eine Schuldenbremse? Im Frühjahr konnten wir noch den Rasen des Ludwigparkstadions erneuern lassen. Da gab es keine Probleme!" Der Oberbürgermeister redete sich in Rage.

„Eben. Deshalb hat die Stadt jetzt auch kein Geld mehr."

„Wollen sie sagen, dass der Fußballverein Schuld an der Misere hat?"

„Nicht der Fußballverein ist Schuld, es sind die Kollegen aus dem Bauamt, die von einer Drainage ausgingen, die jedoch leider nicht funktionierte", informierte Herr Meyer.

„Die Renovierung des Stadions lag vor meiner Amtsperiode. Also haben die neuen Kollegen im Bauamt auch keine Schuld", behauptete der Oberbürgermeister.

„Die Drainage wurde jedoch in ihrer Amtszeit beschädigt. Und das hat niemand bemerkt", legte Herr Meyer dar.

„Das war arglistige Täuschung oder mangelnde Fachkenntnis der Baufirma. Haben wir keinen Regress gefordert!"

„Ja schon, aber so schnell malen die Mühlen der Justiz nicht. Es fehlt überall an Personal, auch an Richtern", versicherte Herr Meyer.

„Sagen Sie mal, deswegen soll jetzt die Adventsfeier ausfallen? Wegen eines Fußballspiels?" Der Oberbürgermeister hatte dafür kein Verständnis.

„Wir waren verpflichtet, den Rasen für das Pokalspiel bespielbar zu machen. Sonst wäre das Spiel woanders ausgetragen worden. Das wäre ein herber Verlust an Einnahmen für die Stadt gewesen. Bedenken sie doch, wie viele Besucher Saarbrücken hatte", erinnerte der Referent.

„Ja, und überall Polizei. Kostet das etwa kein Geld?" erregte sich der Oberbürgermeister weiter.

„Das zahlt das Land, nicht die Kommune", erörterte Herr Meyer.

„Sie meinen also, der Fußballverein sei der Goldesel, um die Stadtkasse wieder aufzufüllen?", fragte der Oberbürgermeister, der ins Schwitzen geriet.

„Selig sind, die das Leid tragen, denn sie sollen getröstet werden", rezitierte Herr Meyer aus der Bibel.

„Und wer tröstet uns, Herr Meyer? Die Adventsfeier muss stattfinden, egal wie! Vielleicht könnten wir die Kosten umlegen und eine Gebühr erheben, einen Notgroschen für die Stadt", überlegte der Verwaltungschef und knöpfte die Krawatte auf.

„Wer bezahlt schon für die betriebliche Adventsfeier? Da wird keiner kommen und wir auf den Kosten sitzenbleiben. Die Adventsfeier ist außerdem Sache des Arbeitgebers. Der Personalrat wird uns aufs Dach steigen."

„Da wären sie wenigstens einmal oben", zürnte der Vorgesetzte hämisch.

„Herr Oberbürgermeister, wir könnten im nächsten Jahr den Betriebsausflug ausfallen lassen und stattdessen einen Urlaubstag für alle gewähren", riet der persönliche Referent.

„Hm, ja warum nicht. Der Betriebsausflug findet auf der Adventfeier statt. Außerdem, wenn niemand Abgase ausstößt, sparen wir gleichzeitig eine Menge CO_2 ein. Klimaschutz als Kassenputz. Ha, das ist eine gute Idee", überlegte der Oberbürgermeister und musste über den Geistesblitz herzhaft lachen.

Herr Meyer war skeptisch. „Sie meinen, dass der Personalrat so etwas mitmacht?"

„Ist der Vorsitzende denn nicht im Vorstand des Fußballvereins? Der verzichtet sicher eher auf den Betriebsausflug als auf das Pokalspiel", wägte der Parteikollege ab.

„Stimmt, sie haben Recht, die sind alle fußballverrückt."

„Genau, auch in der Landesregierung sind welche im Vorstand. Außerdem wäre es auch ein Imageverlust für das Land, wenn das Pokalspiel nicht im Ludwigsparkstadion stattgefunden hätte. Blamiert sind wir schon genug in der Republik", klügelte der Oberbürgermeister.

Herr Meyer stimmte zu. „Unter diesem Gesichtspunkt könnte die Schuldenbremse neu überdacht werden."

„Haben wir das Land um Unterstützung angeschrieben? Schließlich mussten wir auch andere Projekte verschieben", fragte der Verwaltungschef.

„Das haben wir. Die Wohlfahrtsverbände waren nicht erfreut über die Verschiebung. Aber schließlich gibt es auch dort Verbindungen zum Fußballverein", konstatierte Herr Meyer.

Das Telefon klingelte. Der Oberbürgermeister hob ab.

„Hier ist der Oberbürgermeister der Landeshauptstadt. Mit wem habe ich das Vergnügen? - Die Staatskanzlei? – Was kann ich für sie tun? – Nichts, aha? – Sie wollen etwas für uns tun? – Aha, soso, sie übernehmen die Finanzierung für die Projekte? – Was, der Finanzminister hat zugestimmt, dass das Land einspringt? – Wegen der Bedeutung des Fußballs für die saarländische Wirtschaft? – Aha, soso, ja, ja, das geht natürlich nicht, nein, nein, Standortfaktor, hm. – Dann übernehmen sie auch die Kosten für die Adventsfeier? Das ist schließlich auch ein Standortfaktor für die Arbeitnehmer? –

Ja, wirklich, Glühwein für alle? – Dann bedanke ich mich recht herzlich, dass das Land einspringt. Grüßen sie mir die Ministerpräsidentin. - Ja, was, was wäre da noch? – Das Grußwort? Natürlich kann sie ein Grußwort sprechen. - Wir laden alle Bediensteten ein. Selbstverständlich, natürlich, die Bediensteten sollen schließlich wissen, wem sie das Fest zu verdanken haben. Das Land sorgt für seine Bürger. Ja, ja. – Vielen Dank. Und eine schöne Adventszeit."

Der Oberbürgermeister legte erstaunt auf. „Was sagen sie dazu, Herr Meyer? Das Land übernimmt die Kosten. Die Adventsfeier kann stattfinden. Glühwein für alle."

„Wie steht es geschrieben: Selig sind, die da hungert und dürstet nach der Gerechtigkeit; denn sie sollen satt werden", sinnierte Herr Meyer.

Höhere Gewalt

O h sieh nur, es schneit! Die Himmelslawine aus weißen, federleichten Flocken rollte über das Köllertal, füllte die Mulden und Hänge der Gärten und Felder mit einer glitzernden Schneedecke. Vom Wohnzimmer aus strahlte mir das weiße Geblüt hinter dem Haus entgegen, das zarte Gewöll über der Lebensbaumhecke, himmelhoch wachsend. Tannen sahen bald wie der Turmbau zu Babel aus, windschief, aufgepfropft, überladen. Die Steilhänge aus Schnee lockten Vögel zur Rutschpartie am Futterhaus.

Der Überhang des Kandelabers mopste auf, bis auch er ins Schlingern geriet. Der Schnee machte vor nichts und niemandem Halt. Ausnahmslos nahm er von allem Besitz, was sich ihm in den Weg stellte. Vergessene weiße Sonnenstühle wurden zu Schneeskulpturen, bildeten mit dem Tisch ein Stillleben. Ja, wortkarg ist der Winter, leicht und lockend wenn es so schneit wie heute und schwer und belastend, wenn der Frost alles erstarren lässt und das Leben in der Natur zur Herausforderung wird.

Die wenigen Schneetage der letzten Winter dienten bei uns dem Erlebnisfaktor. Kinder funktionierten steile, unbefahrbare Straßen zu Abhängen um und rutschten mit ihren Schlitten hinunter. Sankt Moritz im Köllertal. Das war ein Lachen und Jauchzen! Es ersparte außerdem die Reise in die Wintersportgebiete, wenngleich die Gemeinden hierzulande im Chaos versinken, wenn die Wetter-vorhersage ungenau ist. Auch wenn sie zutrifft, sind nur die Hauptverkehrstrassen, die Dorfmitte oder das Stadtinnere befahrbar. Die Seitenstraßen werden meist nicht mehr geräumt. Das führt dazu, dass Arbeitnehmer ein Zubringerproblem haben. Die höhere Gewalt muss fürs Zuspätkommen und Ausfälle herhalten.

Die höhere Gewalt, die auch dafür sorgt, dass Wintergefühle die Sehnsucht nach Weihnachten aufkommen lässt. Der Wunsch, anderen Menschen nahe zu sein, sich nicht mehr allein zu fühlen, dazu zu gehören und in einer Gemeinschaft Geborgenheit finden.

Weihnachten, die höhere Gewalt aus der anderen Zeit, die sich uns in der Gegenwart nicht erschließt, die höhere Gewalt der Schöpfung, die uns immer wieder begegnet und uns erahnen lässt, dass der Sinn dem Sinnen entspringt und erst erfahrbar werden kann, wenn wir unserem inneren Sinn folgen, wenn unser Dasein unserem Sosein entspricht. Doch woher können wir das wissen? Wie können wir uns unseren Lebensauftrag erschließen?

Vielleicht, dachte ich, als ich die Terrassentür öffnete und den frischen Wind einatmete, solltest du auch wie der kleine Vogel auf dem Dach des Futterhauses landen und deiner Fähigkeit zur Balance vertrauen.

Vielleicht ist das Scheitern vor deinen eigenen Ansprüchen die höhere Gewalt des Lebens.

Vielleicht ist das unbedingte Anhäufen von Wissen nicht der eigentliche Lebensauftrag. Denn vieles wissen wir erst dann, wenn wir es wissen müssen. Und vieles wissen wir in diesen Augenblicken, ohne es vorher gelernt zu haben.

Vertrauen, dachte ich, vertrauen in sich selbst ist vielleicht der eigentliche Anspruch, dem wir gerecht werden sollten, Vertrauen in Gottes unerschöpfliche Schöpfung, Vertrauen in die Kraft Gottes, in die Fähigkeit des Geistes, die sich in allem widerspiegelt, was lebt. Weihnachten mit nur einem einzigen Wunsch feiern, die Kraft zu entdecken, Gott zu vertrauen, sich selbst und den Menschen, die um einen sind.

Wo ist der Nikolausschlitten ?

Rentier Rudolf liebte mittlerweile seine rote Nase. Obschon er sich manchmal immer noch ärgerte, dass sie so ein großes Aufsehen erregte. Er wollte schließlich nicht nur wegen seiner roten Nase beachtet und geliebt werden. Nikolaus hatte ihm seinen Fehltritt, den Weihnachtsmarkt in Saarbrücken zu boykottieren, verziehen.

Auch in diesem Jahr sollte er als Leittier den Schlittenzug anführen. Doch er hatte sich beim Rentierrennen die Hufe verstaucht. Nikolaus wusste nichts davon und lies wie jedes Jahr den Schlitten anspannen. Die anderen Rentiere tuschelten schon, informierten den Nikolaus aber nicht darüber. Schließlich wollte niemand ein Verräter sein.

Der Stellvertreter von Nikolaus machte in Saarbrücken eine gute Arbeit. Das Ziel des himmlischen Gefährtes war daher nicht Saarbrücken, sondern Sankt Wendel. Nikolaus wollte in diesem Jahr den Kindern in Sankt Wendel persönlich die Socken füllen.

„So Rudolf, es kann losgehen. Zeig, was du kannst", rief er dem Leittier zu und zog die Zügel stramm.

Rentier Rudolf startete und rannte, so schnell er konnte. Nach einer Stunde schmerzte ihn sein Fußgelenk doch sehr. Am Nordpol wollte er eine Pause einlegen, doch Nikolaus meinte, dass sie schon spät dran seien. Also rannte er weiter und begann in Hamburg zu lahmen.

„Was ist denn los, Rudolf? Wir kommen zu spät nach Sankt Wendel", rief er Rudolf zu.

„Heiliger Nikolaus, ich renne so schnell ich kann. Mein Fußgelenk will aber nicht mitmachen. Es geht nicht mehr schneller", entschuldigte er sich.

„Was heißt, es geht nicht mehr schneller? Du hast doch extra für den Spurt trainiert."

„Ja, ja, nur ist mir ein Malheur beim Trainingsrennen passiert." Rudolfs Stimme klang kläglich.

„Was ist denn passiert? Hast du nicht gewonnen?" fragte Nikolaus nachsichtig.

„Ich, ich habe mir die Hufe verstaucht. Deshalb wollte ich auch eine Pause am Nordpol einlegen." Seine Erklärung klang irgendwie verzweifelt.

„Warum hast du mir das denn nicht gesagt. Dann hätte Blixen einspringen können. Jetzt kommen wir zu spät", rüffelte ihn der Heilige Nikolaus.

„Aber ich wollte selbst nach Sankt Wendel. Dort kennen mich die Kinder noch nicht wirklich. Die glauben nicht, dass es uns wirklich gibt", versuchte das Rentier, seine Haltung zu erklären.

„Du meinst, wenn Blixen eingesprungen wäre, hätten die Kinder weniger geglaubt oder wolltest du bloß, dass sie deine rote Nase blinken sehen?", fragte der Nikolaus.

„Wenn ich schon wegen meiner Nase aufgezogen werde, will ich auch die Freude in den Augen der Kinder erleben", stotterte Rudolf.

„Du warst also zu eitel, um mich rechtzeitig zu informieren. Deshalb werden die Kinder in Sankt Wendel nun auf die Bescherung warten müssen."

„Es tut mir leid. Das war wohl nicht richtig. Aber mein Fußgelenk tut jetzt so weh, dass ich nicht mehr richtig laufen kann. Wir müssen notlanden. In Saarbrücken werden wir nicht auffallen. Die sind an den fliegenden Nikolaus gewöhnt." Nikolaus war nicht erheitert über den Vorschlag, stimmte aber zu, um nicht die ganze Fahrt zu gefährden.

„Du wirst dich jetzt ausruhen, Rudolf. Morgen führt Blixen den Schlitten an."

Rudolf beugte sich dem Wunsch und landete am Staatstheater. Da mittlerweile ein Riesenrad in Betrieb genommen war, würde ein Schlitten nicht weiter auffallen. Sie stellten den Schlitten vor dem Eingang des Staatstheaters ab. Rudolf legte sich unter die Rosenhecke in der Wiese am Staden, um sich zu erholen. Seine Kollegen gesellten sich zu ihm. Nikolaus hingegen stapfte zum Weihnachtsmarkt, um sich die Arbeit seines Stellvertreters anzusehen. Die Kinder freuten sich sehr und Nikolaus war zufrieden. Er übernachtete in der Basilika, die Kirche war während der Adventszeit geöffnet.

Am nächsten Morgen ging er zurück zum Schlitten. Doch er konnte ihn nicht finden. Der Schlitten war verschwunden. Er weckte die Rentiere und fragte, ob sie etwas bemerkt hätten. Aber keiner der Zugtiere konnte ihm weiterhelfen. So machte er sich auf, um eine Vermisstenanzeige aufzugeben. Auf der Wache angekommen teilte er dem Beamten mit, dass sein Schlitten gestohlen wurde.

„Was, ihnen wurde der Schlitten gestohlen? Wo haben sie ihn denn abgestellt?"

„Am Staatstheater, direkt vor dem Eingang."

„Weshalb laufen sie schon am Morgen im Kostüm herum? Die Show beginnt erst wieder am Nachmittag."

„Das ist kein Kostüm. Ich hätte gern Kommissar Martin gesprochen." Nikolaus hoffte, dass dieser ihn erkennen und ihm sogleich bei der Suche helfen würde.

Kommissar Martin hatte kaum geschlafen. Ein Einbruch und ein Überfall hielten ihn auf Trab. Jetzt wollte ihn auch noch ein als Nikolaus verkleideter Mann sprechen.

Nikolaus klopfte höflich an die Tür. Der Kommissar rief ihn herein und Nikolaus öffnete die Tür. Was war das denn? Ein älterer Mann stand ihm gegenüber. Er roch merkwürdig. Wahrscheinlich ein Obdachloser, der in der Natur schlief.

„Sie wollten also einen Diebstahl melden?" fragte er, nachdem Nikolaus sich hingesetzt hatte.

„Ganz recht. Jetzt sind wir schon so lange unterwegs, aber noch niemals ist mir der Schlitten gestohlen worden. Die Menschen haben den Respekt verloren", erklärte Nikolaus sein Anliegen.

Respekt, fragte sich Kommissar Martin. Wer so herumläuft, sollte sich nicht wundern, wenn andere ihn argwöhnisch beäugten. „Wo kommen sie her? Sind sie aus Saarbrücken?"

„Aber nein, ich komme von oben." Nikolaus wunderte sich über diese Frage.

„Ja, ja, alles Gute kommt von oben. Wo soll das sein?" scherzte der Kommissar.

„Na von ganz oben. Sie kennen mich doch, ich bin der Nikolaus."

Ach du lieber Gott, dachte der Kommissar, der scheint verwirrt zu sein. Bildet sich ein, der leibhaftige Nikolaus zu sein. „Nun mal Spaß beiseite. Es gibt viele Leute, die im Nikolauskostüm herumrennen. Es ist Weihnachtszeit. Wer sind sie mit bürgerlichem Namen. Sie haben doch einen Ausweis dabei?"

Der Heilige Nikolaus verstand. Er erkannte ihn nicht mehr. Der Kommissar war ein ungläubiger Christ geworden, der nur seine Vorschriften kannte. Vielleicht konnte er seine Erinnerungen wecken. „Wie hat ihnen das Feuerwehrauto gefallen, das ihnen vor zwei Jahren der Nikolaus geschenkt hat?"

Kommissar Martin stutzte. Woher wusste er davon. Hatte er etwas mit dem verrückten Alten zu tun, der vor zwei Jahren für eine Terrorwarnung gesorgt hatte?

„Sind sie etwa der Nikolaus, der vor zwei Jahren zum Verhör hier war?", fragte der Kommissar direkt. Er wollte keine Zeit verschwenden, denn er war müde von der Nachtarbeit.

„Sie erinnern sich jetzt? Gut! Also, ich brauche dringend den Schlitten zurück. Da sind die Geschenke für die Kinder in Sankt

Wendel drauf." Tatsächlich, dieser Spinner war wieder aufgetaucht. Am besten, er spielte das Spiel mit. Dann würde er ihn auch schnell wieder los werden, dachte Kommissar Martin.

„Wo haben Sie denn den Schlitten geparkt?"

„Direkt vor dem Eingang."

„Vor welchem Eingang?", fragte der Kommissar.

„Na vor dem Treppenaufgang des Staatstheaters. Ich wollte doch in der Frühe wieder losfliegen. Wissen Sie, Rudolf hat sich den Fuß verstaucht. Wir mussten eine Pause einlegen."

Das wird ja immer schlimmer, dachte Kommissar Martin. Wollte dieser Mann ihn auf den Arm nehmen oder hatte er zu viel Glühwein genossen?

„Rudolf? Meinen Sie etwa das Rentier mit der roten Nase?"

„Ganz recht. Sehen Sie, Rudolf ist manchmal etwas unbedacht. Er hat mir nicht erzählt, dass sein Fuß verstaucht ist. Sonst hätte Blixen den Schlitten angeführt", erklärte Nikolaus.

„Rudolf ist aber gestern über den Sankt Johanner Markt geflogen. Keiner hat bemerkt, dass er nicht fliegen konnte." Am besten blieb er bei der Wahnvorstellung, dachte der Kommissar.

„Das ist nicht Rudolf. Rudolf fliegt immer mit mir. Also, können sie nun herausfinden, wo der Schlitten steht?" Nikolaus wurde ungeduldig.

„Dann wollen wir mal bei der Straßenmeisterei anrufen. Vielleicht sind sie abgeschleppt worden. Vor dem Eingang des Staatstheaters ist ein Parkverbot. Dort darf niemand mehr parken. Der Platz ist für Fahrzeuge gesperrt." Der Kommissar tat so als würde er eine Nummer wählen und nach dem Schlitten fragen. „Der Schlitten wurde abgeschleppt. Deshalb konnten sie ihn nicht finden."

„Wo steht er denn jetzt, damit ich ihn abholen kann?" fragte der bärtige alte Mann.

„In der KFZ-Verwahrstelle. Dort können sie ihn abholen."

„Gut, dann werde ich dort hinfliegen." Nikolaus stand auf und wollte sich bedanken.

„Ja fliegen sie, fliegen sie schnell dorthin", sprach Kommissar Martin mit betont ernsthafter Stimme und gab ihm die Adresse.

„Was soll es denn dieses Jahr sein? Wieder ein Feuerwehrauto?" fragte der Nikolaus.

„Am besten eine Leiter. Die fehlt noch", scherzte Kommissar Martin und hoffte, dass dieser Verwirrte wieder gehen würde. Nikolaus bedankte sich. „Herzlichen Dank für ihre Hilfe, vergelt's Gott." Er rief die Rentiere zu sich und flog mit ihnen zum Schlitten. Der Beamte von der Verwahrstelle war froh, dass er das Gefährt wieder los war, denn es nahm sehr viel Platz ein. Rudolf war inzwischen wieder erholt. Nikolaus spannte die Rentiere an, Blixen als vorderes Zugtier. Sie flogen wie der Blitz nach Sankt Wendel.

Als Kommissar Martin nach Hause kam, erzählte seine Frau, dass in ihrem Garten eine Leiter stehen würde. Sie sei mit roten Schleifen geschmückt, eine Karte hinge daran.

„Eine Karte? Wo hast du sie denn?" Seine Frau nahm sie aus der Schublade und gab sie ihm. Darauf stand: *Vielen Dank für ihre Unterstützung. Ich hoffe, die Leiter hilft ihnen weiter, ein frohes Fest. Ihr Nikolaus.* Merkwürdig, wo hatte denn dieser Mann seine Adresse her? War dies tatsächlich der Nikolaus? Kommissar Martin schüttelte den Kopf.

„Was hast du denn?" fragte die Ehefrau.

„Glaubst du an den Weihnachtsmann?"

„Warum nicht. Steht nicht in der Bibel: Wenn ihr nicht werdet wie die Kinder, so werdet ihr nicht ins Himmelreich kommen."

Ochs Ludwig ist verliebt

Der Winter hielt Einzug. Hof und Landschaft dämmerten im Nebel, nirgendwo schien Hoffnung aufzukommen, dass es in diesem Jahr nicht so schlimm werden würde im vergangenen Jahr. Nach überstandener Pandemie und öffentlich diskutierter Klimakrise hatte Bauer Lonsdorfer eine Genossenschaft gegründet, um eine Biogasanlage in Betrieb zu nehmen. Er wollte auf diese Weise einen Beitrag zum Klimaschutz leisten und gleichzeitig seine Kosten senken.

Fortan wurde in den Ställen der Mist und die gesamte Gülle als Grundstoff für die Energiegewinnung abgefahren. Seither waren die Ställe noch ordentlicher, ja fast hygienisch sauber. Die Kühe vermissten jedoch ihren Eigengeruch und wurden hin und wieder mürrisch. So eine mürrische Kuh weigerte sich denn auch, die Weide zu verlassen und sich abends in den Stall zurückzuziehen.

Auch Ochs Ludwig musste sich der neuen Ordnung beugen und wollte gerade von der Weide in den Stall traben, als er diese Kuh entdeckte, die Kopf und Nacken schüttelnd muhte und ihren Unmut kundtat. Sie war mutterseelenallein, denn ihre Stallgenossen waren dem Aufruf des Bauern gefolgt und standen bereits im Stall.

Ludwig ging ihr entgegen und bemerkte, wie traurig die Kuh war. Es war auch jämmerlich, dass man die Tiere für den Maßnahmenkatalog des Klimaschutzes vereinnahmt hatte, mehr noch, jetzt wollte man auch noch zusätzliche Erträge durch ihre Ausscheidungen gewinnen.

Als Ludwig bei der streikenden Kuh angekommen war, stapfte er auf den Boden und muhte ebenfalls. Die Kuh, aufgeschreckt aus ihrer Vereinsamung, sah Ludwig an und beruhigte sich. Sie hatte so wunderschöne tiefgrundige Augen, dass Ochs Ludwig, obschon seiner Manneskraft beraubt, sich sofort in sie verliebte. Er stieß ihr sanft an die Hufe und schüttelte mit dem Kopf, um sie zu beruhigen. Und tatsächlich, sie hörte auf, sich zu beklagen. Als Bauer Lonsdorfer dies vernahm, ging er zu den Rindviechern und sprach auf Ludwig ein in der Hoffnung, dass dieser das wildgewordene Rind doch noch in den Stall bewegen konnte.

„Ludwig, so ist es recht. Hilf du der Berta. Sie weiß nicht mehr, wohin sie soll." Er strich Ludwig über den Rumpf. Ludwig stieß die Dame zart in die Seite und machte drei Schritte in Richtung Stall.

„Na Berta, ist das nicht ein toller Ochse. Willst du ihm nicht folgen?"

Berta hob den Kopf, sah den Bauer an und nickte, als wollte sie zustimmen. Dann drehte sie sich tatsächlich um und folgte dem neuen Freund.

Ludwig trabte in die Unterkunft der besseren Zugtiere. Schließlich wollte der König der Zugtiere seine Königin in seiner Nähe haben.

Bauer Lonsdorfer konnte nichts dagegen tun. Seine Versuche, Ludwig in Richtung Kuhstall zu lotsen, fruchteten nicht. Berta fand diese Unterkunft großartig. Denn dort hatte der Bauer keine Vorkehrungen getroffen, Gülle und Mist unmittelbar zu entsorgen. Es roch so richtig nach Mist und das gefiel Berta. Sie muhte Ludwig herzlich zu und stellte sich ohne zu murren direkt neben ihn.

„Aber Ludwig, da kann sie doch nicht bleiben. Wenn der Weihnachtsmarkt öffnet, steht sie die meiste Zeit alleine im Stall." Ochs Ludwig interessierte das nicht. Er hatte eine Gefährtin gefunden. Endlich war da jemand, der neben und zu ihm stand und seine Gegenwart genoss.

Bauer Lonsdorfer war ratlos. Was konnte er gegen diese Tierliebe tun? Sollte er Ludwig als Zugtier für den Weihnachtsmarkt aussondern? Kein Ochse war so beliebt bei den Kindern wie er. Außerdem konnte Berta nicht gemolken werden, denn in diesem Stall gab es keine Melkmaschine. Wer um alles in der Welt würde täglich diese Arbeit von Hand verrichten wollen. Diese Zeit hatte er nicht. Er beriet sich mit seiner Frau und den Kindern. Der Hof war ein Familienbetrieb, in dem jeder seine Aufgabe hatte. „Was hältst du davon, wenn wir eine Kuh-Patenschaft ins Leben rufen. Junge Leute könnten dann täglich das Melken üben und bekommen die Hälfte der Milch als Lohn?" schlug die Bäuerin vor.

„Was wird das für ein Aufwand! Meinst du denn wirklich, dass sich dafür jemand engagiert?"

„Ja wenn wir's nicht versuchen, musst du halt zusätzlich in den Stall gehen oder wir müssen Berta schlachten, weil sie sonst krank wird. Außerdem, wenn sie keinen Ertrag bringt, verursacht sie nur Kosten."

Seine Frau hatte ja recht. Aber das gefiel ihm ganz und gar nicht. Berta schlachten, nein, das konnte er Ludwig nicht antun. Wer weiß, wie er darauf reagieren würde. Am Ende wäre auch er nicht mehr tragbar. Das wäre dann schon ein herber Verlust.

„Ja, vielleicht ist das mit der Patenschaft keine schlechte Idee. Wenn wir dies am Weihnachtsmarkt bewerben, wecken wir möglicherweise Interesse", befürwortete er den Vorschlag seiner Frau. Sie ließen Anzeigen drucken, dass für die Kuh Berta eine Patenschaft eingerichtet sollte.

Ludwig wich seiner Berta nicht mehr von der Seite. Bauer Lonsdorfer blieb nichts anderes übrig, als sie mit zum Weihnachtsmarkt zu nehmen. Das neue Zuggespann sorgte für viel Aufmerksamkeit. Die Kinder bewunderten Ludwig, weil er so verliebt in Berta war und sie immer anhimmelte. Bauer

Lonsdorfer und sein Kumpel brachten sich mit Pflaumen-schnaps über die kalten Schneerunden.

Am Wochenende kam eine Lehrerin mit ihrer Klasse und erkundigte sich über die Kuh-Patenschaft. Sie vereinbarten ein Treffen auf dem Hof, um den interessierten Kollegen der Schule einen Einblick in das Vorhaben zu geben. Die Schule, die für ihr Umweltengagement bekannt war, sie hatten be-reits ein Hundeprojekt ins Leben gerufen, schloss mit dem Hof eine Vereinbarung. Die Patenschaft sollte als Kurs ausge-schrieben werden, in dem jeder Teilnehmende einmal in der Woche zum Melken kommen sollte. So würde man auch In-teresse für den Beruf des Landwirtes wecken und konnte praktische Erfahrungen sammeln. Auch ein zusätzliches sechswöchiges Praktikum wurde vereinbart, um die jungen Leute auf die Berufswelt vorzubereiten.

Der Naturschutzbund fand die Idee, die Bedürfnisse der Tiere ernst zu nehmen und in den Mittelpunkt zu stellen, für besonders ehrenwürdig und schlug den Bauernhof für den lokalen Umweltpreis vor.

Plötzlich interessierten sich viele Menschen für die Tier-haltung, die Biogasanlage und die Arbeit der Landwirtschaft. In der letzten Adventswoche wurde auf dem Weihnachts-markt die Ehrung vollzogen.

Saarlouis machte wieder Schlagzeilen mit einem Ochsen, der dieses Mal verliebt war. Ochs Ludwig und seine Kuh Berta wurden zum Aushängeschild der biologischen Land-wirtschaft und die regionalen Produkte hielten in allen Le-bensmittelgeschäften Einzug.

Schottischer Advent

*I*n der Stadt, in der J. K. Rowling Harry Potter zum Leben erweckte, stürmte es gewaltig. Man hätte meinen können, Lord Voldemort hätte den Zauberstab geschwungen, um finstere Absichten zu verwirklichen. Die Sturmböen jedenfalls waren mörderisch. Dunkelgraue Wolkentürme rieben an den Tragflächen des Flugzeugs, das sich im Gegenwind durch die Luftschichten zwängte. Immer wieder sackte die Maschine ab, wankte nach links, wankte nach rechts, um die Fluglinie wieder auszubalancieren. Im Sturmtief über Edinburgh versuchte der Pilot, das Holpern der Maschine zu erklären. Es herrsche da draußen kein Badewetter, sondern eine raue See. Die an den Fenstern saßen, griffen nach den Tüten und beteten.

Endlich tauchte im Sinkflug die Landebahn auf. In dem von Böen durchwirbelten Airport wiesen Lichtfeuer die Richtung aus. Die Windfront riss über die Gangway, rüttelte am Rumpf und am Treppengeländer, an dem Aussteigende Halt suchten. Blass blickten die Fluggäste, rangen sich zur Gepäckausgabe durch, die sich verzögerte und mit der Durchsage endete, dass sämtliche Flüge und Landungen ab sofort gestrichen seien.

Wir riefen uns ein Taxi und kämpften mit der Windfront wie mit einem schlechten Zauber. Orkanböen peitschten durch die Princess Street, Mülleimer verschoben sich, rappelten und klapperten, Schirme wurden herumgedreht, als wollten sie mit Mary Poppins davonfliegen. Die Besucher flüchteten sich in überfüllte Gasthäuser, einzelne Autos fuhren in die Parkhäuser und warteten auf das Ende des Sturms. Es war leer in den Straßen Edinburgh.

Beim Aussteigen aus dem Taxi brauste und heulte der Wind wie der Geist der Zauberschule Hogwarts. Im Hotel sammelten sich neue Gäste in der Halle an der Rezeption und warteten auf ihre Anmeldung. Sie zog sich durch den Ausfall der Computer dahin, die Schlüsselkarten mussten neu programmiert werden. Die im Sturm Angekommenen erholten sich nach der Wartezeit an der Bar mit Bier oder Champagner, lachten befreit und erzählten sich die Angst von der Seele. Wenn die Außentür geöffnet wurde, klirrten im Takt der Weihnachtslieder die Glocken am Tannenbaum, Freitagabend vor dem dritten Advent.

Am Morgen danach war der Spuk vorüber. Möwen verharrten auf den Hauben der Schornsteine wie auf einem Wärmekissensitz. Der Himmel hatte sich jedoch wieder zugezogen mit einer grauen Wolkenschicht und ließ nur wenige Aufhellungen durch. Nachmittags machten wir uns auf den Weg zum Weihnachtsmarkt.

Am Fuße des Vulkangesteins, auf der Princess Street Gardens, wanderte die Parade der Weihnachtsmänner nach dem Santalauf. Hunderte von Frauen, Männern und Kindern säumten mit ihren Nikolauskostümen die kleine Bühne, Dudelsackspieler trugen Schottenröcke und präsentierten ihre Flötenkunst, auf Vätern reiteten fröhliche Kinder, über allem thronte Edinburgh Burg. In der Talsohle auf dem präparierten Eisfeld des *Winter Wonderlands* liefen Besucher auf Kufen zur Weihnachtsmusik, die Scheinwerfer spiegelten sich auf der Tanzfläche, die Pirouetten verdoppeln sich.

Zahlreiche ausgeschmückte Buden lockten mit Glühwein und Whisky, Seefisch und deutscher Bratwurst. Überhaupt gab es viele deutsche Stände, weshalb der Weihnachtsmarkt auch als German Market bezeichnet wird. Wer frierte, suchte nach den handgefertigten Mützen und Handschuhen. Eine wundervolle Auswahl hochwertiger Wolltücher aus den Highlands mit traditionellen Tartans verschiedener Clans boten die Schals und Capes. Ein Händler verwandelte vor den Augen ungläubiger Kinder trockenes Pulver in Schnee. Karussellpferdchen drehten sich vor Kutschen, dahinter windete sich eine Rutschbahn um einen Kegelstumpf, beleuchtet von einem Lichtschlauch. Im Auf und Ab der Gondeln des sechsundvierzig Meter hohen Riesenrads *Big Wheel* blickten die Fahrgäste am obersten Punkt den Besuchern des Scott Monuments direkt in die Augen.

Der schottische Dichter Walter Scott, der in Edinburgh geboren wurde, war zu Lebzeiten einer der meistgelesenen Dichter Europas. Der Begründer des historischen Romans, der neben Ivenhoe und Rob Roy auch Goethes Erlkönig und Götz von Berlichingen ins Englische übersetzte, wurde mehrmals verfilmt, lieferte Stoff und Handlung auch für die Oper und das Schauspiel. Er erhielt viele Ehrungen, wurde zum Doktor der Universität Dublin ernannt und in den Adelsstand erhoben. Das Denkmal dieses Ehrenbürgers von Edinburgh steht ebenfalls in den Princess Street Gardens.

Der schottische Weihnachtsmarkt, auf dem sich weitere zahlreiche Fahrgeschäfte versammelten, ist zugleich auch ein Jahrmarkt. Vor dem Weihnachtsmarkt wendete eine rote Bimmelbahn für die Rückkehr an den Anfang des Rummels. Auf deren Dach zogen weiße Rentiere weiße Schlitten.

Bei unserer Rückkehr lagerte ein Obdachloser vor dem Eingang eines Geschäftes und bat mit zittrigen Händen um Spenden. Vom Glanz und dem Wohlstand vieler Bürger bekam er nichts ab. Sozialhilfe wie in Deutschland gab es nicht. Er fror und hungerte und erinnerte uns an den eigentlichen Anlass des Weihnachtsfestes. Die Nächstenliebe der Passanten hielt sich in Grenzen. Wir legten einen Beitrag in seinen

Hut, wohlwissend, dass dies nur ein kleiner Tropfen war, um die Not dieses Menschen zu lindern.

Am Abend wollten wir dem schottischen Leben folgen. Wir suchten einen Pub und fanden ihn unweit des Hotels. Der Gastraum wirkte gedrängt, Stuhl an Stuhl reihte sich um die Tische, die Enge strahlte Gemütlichkeit aus, zwischen den Menschen herrschte Vertrautheit, obwohl sie sich eigentlich gar nicht kannten.

Der Whisky gärte durch die Luft, die Atmosphäre Rauch getrübt. Gäste winkten dem Barkeeper zu. Eine Runde Bier, a pint of heavy, verließ den Ausschankplatz. „Slàinte mhath" (Gute Gesundheit) prosteten sie sich zu. Lautes Plaudern der Stammkunden vermischte sich zu einem Stimmengewirr, jemand zwängte sich durch die Enge, rief „Halò a huile duine (Hallo zusammen)."

Generationen von Familien bevölkerten die Gaststätte, soupierten und diskutierten. Die Jüngeren vertieften sich in Gespräche mit Älteren. Selbst die Kinder waren wie selbstverständlich um diese Zeit noch dabei und spielten Karten an den Tischen.

„Alas my love you do me wrong" (Greensleeves) stimmten später die Stammgäste an, jemand packte die Fidel aus und alle sangen mit.

„Last orders" ertönte es kurz vor zwölf Uhr von der Bar. Einige bestellten den letzten Drink und sangen „Should auld acquaintance be forgot" (Auld Lang Syne), dann verließen sie den Pub. Wir wanderten in unser Hotel zurück, wo die Nacht vor unserem Rückflug endete.

Jonathan und Silberstern

Wie in jedem Jahr beschloss der Erzengelrat, dass ein Engel auf die Erde fliegen sollte, um das ewige Licht zu entzünden. Denn ohne das ewige Licht aus dem Himmel konnten die Menschen kein richtiges Weihnachten feiern.

Damit die Erdenbewohner nicht mitbekamen, dass nicht sie das Licht anzündeten, sondern ein Engel, mussten die Engel unsichtbar bleiben. Die Aufgabe war besonders anspruchsvoll. Engel Gotlind sollte in diesem Jahr das Licht in die Welt bringen. Er wurde jedoch krank und konnte nicht fliegen. Engel Jonathan wurde deshalb mit der Aufgabe betraut. Alles schien normal verlaufen zu sein. Bis auf die Tatsache, dass Engel Jonathan mit gebrochenen Flügeln zurückkam. Um sich die Erlaubnis zu holen, aus der Werkstatt neue Schwingen zu besorgen, klopfte er bei Erzengel Michael an. Dieser war für die Engelgerichtsbarkeit zuständig.

„Herein bitte, wenn es kein Satan ist", rief Erzengel Michael.

Engel Jonathan trat herein: „Halleluja Erzengel Michael. Gott zum Gruße."

„Halleluja Jonathan. Gott zum Gruße. Was gibt es denn? Wo drückt der Schuh?" Wenn Jonathan kam, musste etwas vorgefallen sein.

„Es sind nicht die Füße. Es sind meine Flügel", eröffnete Engel Jonathan das Gespräch.

„Aber die sind noch dran", bemerkte Erzengel Michael.

„Schon. Sie tragen mich aber nicht mehr, weil sie gebrochen sind. Die Schwingen bekomme keinen Wind mehr."

Erzengel Michael stutzte: „Keinen Wind? Bist du gegen die Klagemauer geflogen?"

„Nein, Erzengel Michael."

„Dann erzähl mal, was los ist", ermunterte ihn der Gerichtsengel, sein Leid zu erzählen.

„Sie wissen doch, dass ich den Auftrag hatte, nach Bethlehem zu fliegen, um das ewige Licht zu entzünden, damit die Menschen es in alle Länder tragen können."

"Ich erinnere mich. Engel Gotlind war krank geworden, deshalb habe ich dich eingeteilt", bestätigte Erzengel Michael.

„Genau, ich bin eingesprungen. Weil so weit zu fliegen ist, habe ich Engel Silberstern gebeten, mich zu begleiten."

„Wie das? Hattest du Probleme mit der Strecke? Normalerweise fliegst du doch um die ganze Welt." Erzengel Michael war erstaunt. Niemand nahm sich eine Begleitung mit, wenn er nach Bethlehem flog.

„Schon. Aber nach Israel habe ich mich nicht alleine getraut. Dort ist doch Krieg." Engel Jonathan fiel es schwer, seine Ängste einzugestehen. Schließlich waren Engel Beschützer und keine Angsthasen.

„Was hat der Krieg mit dem Fliegen zu tun? Seit jeher bekriegen sich die Menschen dort." Erzengel Michael hatte kein Verständnis für die Verzagtheit von Jonathan. Wer, wenn nicht die Engel, konnten alle Probleme dieser Welt lösen.

„Ich wollte auf Nummer sicher gehen, damit das Licht auch wirklich brennt." Hoffentlich stimmte ihn dies milde.

„Hm, so, so. Dagegen ist ja nichts einzuwenden. Aber was ist passiert?"

„Engel Silberstern und ich flogen wie vorgesehen auf die Erde. Von oben sah man die Rauchfahnen von den Raketeneinschlägen und wir flogen an ihnen vorbei. Über Bethlehem schwebten wir dann leise und unsichtbar. Jedenfalls konnte man uns zunächst nicht erkennen."

„Engel sollen immer unsichtbar bleiben. Das ist ein göttlicher Grundsatz. Nur mit einer Sondererlaubnis dürfen sie sich enthüllen", belehrte ihn der Gerichtsengel.

„Oder wenn ein akuter Notfall eintritt. Und das war so einer."

„Jonathan, jetzt erzähl doch ohne Unterbrechung. Du bist nicht der einzige Engel, der um eine Audienz gebeten hat."

Jonathan nahm seinen Mut zusammen. „Hm. Also wir flogen an den Altar, um das ewige Licht anzuzünden. Damit die Menschen nicht mitkriegen, dass nicht sie, sondern wir Engel das Licht weitergeben, haben wir gewartet, bis der Priester an den Altar ging."

„So ist der Auftrag", bestätigte Erzengel Michael.

„Ja, aber der Priester kam nicht. Die gläubigen Christen saßen in den Bänken und wurden unruhig. Der Läufer, der das Licht weiterträgt, stand die ganze Zeit bereit. Niemand wusste, was mit dem Priester geschehen war."

„Das Bodenpersonal ist nicht verlässlich. Wie sagte der Sohn Gottes: Und ich sage dir, noch ehe der Hahn kräht wirst du mich dreimal verleugnen."

„Eben. Aber das Licht musste doch angezündet werden, damit die Menschen Weihnachten feiern können. Da haben wir uns kurz enthüllt und das Licht angezündet. Die Gläubigen betrachteten es als ein Weihnachtswunder."

„Das war also eine Notsituation. Gegen ein Weihnachtswunder hat Gottvater nichts einzuwenden."

Engel Jonathan fuhr fort: „Das Wunder verbreitete sich wie ein Lauffeuer. Die Handys klingelten alle. Wenn man es nicht besser wusste, hätte man glauben können, dass die Glocken läuteten. Wir verließen den Kirchenraum und gingen nach draußen."

„Nun, da ihr im Sinne von Gottvater gehandelt habt, sei euch verziehen, dass ihr das erste Engelgebot gebrochen habt. Was hat das aber mit euren Flügeln zu tun?"

„Engel Silberstern leuchtete sofort und die Menschen vor der Tür staunten, andere bekamen Angst. Ich kam Silberstern hinterher, hatte aber vergessen, mich einzuhüllen.

Alle konnten mich sehen. Die Ungläubigen glaubten an einen Schabernack."

„Jonathan, das war wirklich unglücklich. Was ist dann geschehen?" Erzengel Michael zeigte Verständnis.

„Die Ungläubigen rissen an meinen Schwingen und zerbrachen einige Federn. Silberstern kam mir zu Hilfe. Er nahm mich auf und flog sofort los. Silberstern leuchtete aber am Himmel. Die Soldaten dachten wohl, dass wir eine Rakete seien und wollten uns abschießen. Dabei sind meine beiden Flügel endgültig zerbrochen. Silberstern hatte alle Mühe, uns beide zurück in den Himmel zu fliegen." Engel Jonathan sah sehr unglücklich aus und seufzte immerzu.

„Das ist sehr traurig. Da wolltet ihr den Menschen das Weihnachtsfest retten und sie beschießen euch. Wo ist Engel Silberstern jetzt?" wollte Erzengel Michael wissen.

„Er ruht sich aus und pflegt seine Flügel. Er hat sich so angestrengt, dass er eine Belohnung verdient hat, findest du nicht?", schlug Engel Jonathan vor. „Ich brauche bloß einen Genehmigungsschein, um mir neue Schwingen abzuholen."

„Selbstverständlich bekommst du neue Flügel. Engel Silberstern bekommt das silberne Engelband für seinen Mut. Die Menschen zu bestrafen hat leider keinen Sinn. Sie verstehen nach so viel tausend Jahren immer noch nicht, dass Gewalt keine Lösung ist. Wir wollen einen Gedenkgottesdienst abhalten und ihnen unsere guten Gedanken senden. Ich bin sicher, Gottvater wird auch so entscheiden. Denn er sagt, ihr sollt eure Feinde lieben. Nun Jonathan, geh in die Werkstatt. Und ich bitte dich, den Glauben an die Menschen nicht zu verlieren. Denn was würde geschehen, wenn selbst der Himmel keine Gnade mehr walten ließe?" Jonathan stimmte zu. „Glaube, Liebe und die Hoffnung gingen für immer verloren und die Sehnsucht nach Frieden."

Wo geht es nach Bethlehem?

R uhig war es und kalt. Die Hirten wachten bei ihren Schafen und klopften sich ab, um nicht einzufrieren. Der Himmel war klar. Man konnte die Sternbilder mit bloßem Auge erkennen. Plötzlich wurde es noch heller. Von weit fiel Licht in die Dunkelheit, wurde größer und ein Engel schwebte aus dem Lichtkegel heraus. Er verkündete, dass das Christkind geboren wurde und sie nach Bethlehem ziehen sollten. Ein sehr heller Stern würde ihnen den Weg zeigen. Dann verschwand der Engel wieder.

Die Hirten überlegten, ob sie der Erscheinung trauen konnten. Sie beschlossen, nach Bethlehem zu wandern. Da ein Hirte mit seinen Schafen noch nicht auf dem offenen Feld eingetroffen war, sollte Hirte Michael warten, bis er kam, um dem Nachzügler davon zu berichten. Hirte Michael hielt nach seinem Kumpel Ausschau. Der Himmel verdunkelte sich immer mehr. Endlich kam Hirte Jakob mit seiner Schafherde auf dem Feld an.

„Wo bleibst du denn? Ein Engel ist uns erschienen und hat gesagt, wir sollen mit den Schafen nach Bethlehem ziehen. Dort sei Jesus Christus, der Sohn Gottes, geboren worden. Wir sollen dem hellsten Stern folgen", sagte Hirte Michael aufgeregt.

„Ein Engel ist gekommen?" wunderte sich Jakob.

„Ja, ein wunderschöner Engel. Die anderen sind schon losgezogen. Wir müssen uns beeilen, um sie einzuholen."

„Aber welchem Stern sollen wir folgen? Es ist ziemlich dunkel geworden. Es wird wohl bald anfangen zu regnen." Hirte Jakob wies zum Himmel. Hirte Michael war verunsichert. „Du hast recht. Die Regenwolken haben den Himmel verdunkelt. Wie sollen wir jetzt den Weg finden?"

Sie waren beide ratlos. Wachhund Josef bellte und lief voran und wieder zurück. War das ein Zeichen?

„Ob Josef die Fährte aufnehmen kann?" fragte Hirte Michael.

„Hm", brummelte Jakob, „möglich wäre es. Falls sie nicht schon zu weit sind."

„Aber es wäre eine Chance", bekräftigte Hirte Michael die Idee. Mittlerweile war nichts mehr zu sehen. Die Wolken hatten sich zu sehr verdichtet und man sah keine Gestirne mehr. Es begann zu regnen.

„Das hat uns gerade noch gefehlt. Hoffentlich bleibt die Herde zusammen. Josef muss sie zusammentreiben", sagte Hirte Jakob besorgt.

„Dann kann er aber die Fährte nicht aufnehmen", meinte Hirte Michael.

Andererseits würden sie bestimmt einige Schafe verlieren in der Dunkelheit. Was sollten sie tun. Dem Auftrag des Engels folgen oder hierbleiben, damit kein Schaf verloren ging.

„Wenn der Engel schon zu uns gekommen ist, sollten wir uns auf den Weg machen und dem Spürsinn Josefs vertrauen", entschied Hirte Michael pflichtbewusst.

„Geh du nur mit der Herde voran. Ich bleibe hinter der Herde, um die auslaufenden Schafe zusammen zu halten. Dann verlieren wir nicht so viele Tiere", erklärte Hirte Jakob.

„Gut. Verlier nur nicht den Anschluss, sonst bist du im offenen Feld verloren", sorgte sich Hirte Michael.

„Es wird schon gut gehen. Am Morgen hole ich euch mit den verirrten Schafen bestimmt wieder ein." Und so machte sich Hirte Michael mit der großen Herde auf und folgte dem Wachhund Josef. Der schnüffelte und raste los.

Wie zu erwarten war, kam Hirte Jakob nicht nach. Immer wieder musste er anhalten, damit die verirrten Schafe zurückfanden. Mehrmals musste er einige suchen und rief ihnen zu.

Was war das aber auch für ein schlechtes Wetter. Hätten die Engel nicht dafür sorgen können, dass man den Stern auch sieht. Als es dämmerte, lies der Regen nach, die Wolkendecke löste sich auf. Er hatte jedoch keine Orientierung mehr und wusste nicht mehr, wo er war. Die anderen Hirten waren inzwischen in Bethlehem eingetroffen und bewunderten den kleinen Knaben, der mit seinen goldenen Locken spielte. Hirte Michael hatte dank des Hundes den Stall ebenfalls, wenn auch etwas später, gefunden. Aber Hirte Jakob war nicht angekommen. Sie waren besorgt um den Freund und überlegten, was sie tun sollten. Da trat ein Engel zu ihnen und sagte: „Macht euch keine Sorgen. Gott gibt niemand verloren, der nach ihm sucht."

Wachhund Josef riss sich plötzlich los und lief zurück auf den Weg, von dem sie gekommen waren. Die anderen Hunde folgten ihm laut bellend. Der Himmel hellte auf und ein Stern funkelte so sehr, dass er alle Himmelsrichtungen ausleuchtete.

„Seht nur, die Hunde sind zurückgelaufen", wunderte sich Hirte Michael. Alle sahen ihnen nach und hofften, dass sie ihren Freund finden und zum Stall führen würden. Die Sonne ging auf und der Stern verblasste langsam im Tageslicht. Da kam vom Horizont eine Staubwolke auf. Sie hörten die Hunde jaulen und eine Gestalt löste sich aus dem Dunst. Sie kamen näher. Tatsächlich, das war Hirte Jakob mit den restlichen Schafen. Voller Freude gingen die anderen Hirten ihnen entgegen. Er hatte alle verirrten Schafe aufgesammelt, keines war verloren gegangen. Als sie zurückkamen zum Stall, erschien der Engel wieder und sagte: „Fürchtet euch nicht. Er wird seine Herde weiden wie ein Hirte. Er wird die Lämmer in seinem Arm sammeln und im Bausch seines Gewandes tragen und die Mutterschafe führen."

Hirte Jakob ging an die Krippe, um das Jesuskind zu begrüßen. Der kleine Knabe lachte und strahlte und Jakob wusste, dass er diesem Kind vertrauen konnte.

Ein Wunder für ein Himmelreich

*I*mmer, wenn die Dinge unüberschaubar verstrickt waren und sich so zugespitzt hatten, dass ich keinen Ausweg erkennen konnte, hoffte ich auf ein Wunder. Der liebe Gott könnte sich doch auch meiner armen Seele erbarmen und mir einen Wink von oben schicken oder zumindest einen Engel, der mich auf die richtige Spur bringen konnte oder mich festhalten würde, wenn ich in die falsche Richtung lief.

Andere versprachen doch auch alle möglichen Wunder. Die Esoterik hielt ganze Buchreihen zur Lebenshilfe vorrätig, Kartenleger prophezeiten die Zukunft, Astrologen erstellten Tagespläne für das „richtige" Verhalten entlang der Sternenpfade und andere selbst ernannte Heiler führten einen in die Vergangenheit zurück, um das sogenannte Karma besser verstehen zu können, den Lebensauftrag, weshalb jeder von uns auf dieser Erde wandelt.

Der liebe Gott ließ jedoch nichts von sich hören. Es gab kein biblisches Kartenspiel, keine Reise zurück oder nach vorn, es gab nur die Gegenwart, das Hier und Jetzt. Doch etwas war möglich: zu beten. Beten war die direkte Verbindung zum Schöpfer, die Telefonleitung in die himmlischen Sphären, die Begegnung oder der Austausch mit dem Göttlichen. Dafür gab es von der Kirche Gebetsbücher voll mit Psalmen, Anrufungen oder Impulsen zur Meditation. Das tägliche Gebet sollte zur Verinnerlichung beitragen, um das Alltägliche auf das Gott Gewollte zu hinterfragen.

Ich fragte mich, wann ich zum letzten Mal gebetet, meinen Geist ganz auf die göttliche Verbindung konzentrierte hatte. Gebete waren mit zunehmendem Alter verschwunden, hatten sich in der Hektik des Alltags aufgelöst.

Früher war das Tischgebet an der Tagesordnung. Zugegeben, als Erwachsener würde man vielleicht anders beten. Die guten Gaben fielen nicht einfach so vom Himmel, sie mussten erst erarbeitet werden auf Gottes Erde. Ich jedenfalls war kein Vogel, den Gott ernährte, nein, alles, was ich besaß, war das Ergebnis von Arbeit. Niemand konnte sich heute die notwendigen Dinge aus der Natur besorgen. Natur gehörte einem ja nicht. Sie war zum Besitzstand einzelner natürlicher oder juristischer Personen geworden. Obwohl Gott sie doch für alle Menschen gleichermaßen geschaffen hatte, kostenlos, ohne Steuern, Gebühren oder Abonnement.

Die Menschen hatten sich die Schöpfung im wahrsten Sinn des Wortes angeeignet. Besitztümer waren entstanden, die andere von deren Nutzung ausschlossen. Kämpfe entbrannten nicht nur um das goldene Kalb, sie entfachten auch Gewalt. Der Geist Gottes versank in den Wunden der Verlierenden, im Blut der Besiegten. Eine ungöttliche Ordnung sorgte auch gegenwärtig für Gewaltexzesse in allen Winkeln der Erde.

Vor über zweitausend Jahren wollte Gott dies noch einmal korrigieren, den Menschen sagen: „Mein Reich ist nicht von dieser Welt, sorge dich nicht um das Morgen, lebe oder eher geht ein Kamel durch ein Nadelöhr."

Viele wohltuende Worte mit heilender Kraft. Gott kam wieder zurück in die Welt in Gestalt eines kleinen Kindes. Maria, eine unverheiratete Frau, sollte es wie einen Menschen zur Welt bringen. Das war ein Wunder. Gott als Embryo in der Gebärmutter einer ledigen Frau.

Ob es heute dafür den päpstlichen Segen geben würde? Ledige Mütter waren nicht nur im Christentum „gefallene" Mädchen, ein unsäglicher Leidensweg für Frauen: Entsagung, Verachtung, Missbrauch, Diskriminierung, Armut. Die Jungfrau Maria als Ikone der Wiedergeburt der göttlichen

Herrschaft wurde von den Nachfahren Jesus Christus durch die Verteufelung der Sexualität, ob vorehelich oder ehelich, als Sünde im Geiste ad absurdum geführt.

Der Anbetung der Gottesmutter Maria hatte dies allerdings nichts anhaben können. Mariengebete gaben und geben vielen Frauen einen großen Halt in bedrohlich erlebten Situationen. Wie viel Rosenkranzgebete erflehten ihren Beistand und sie leistete ihn immer wieder. Mehr noch, sie erschien den Menschen und hinterließ jeweils eine Botschaft. Marienerscheinungen waren und sind Wunder und künden uns an, dass der liebe Gott auf uns ein Auge hat, auch wenn wir manchmal das Gefühl haben, in einer gottesfernen Zeit zu leben.

Vielleicht ist es aber nur die Menschenferne zum Göttlichen, die dafür sorgt, dass die Gewalt in diesen Tagen so aufbricht und die Menschheit bedroht. Vielleicht bleiben Wunder heute aus, weil wir uns von Gott abgewandt haben und nicht Gott von uns. Die Hinwendung zum Erleuchteten kann uns erleuchten. Wir müssen es nur zulassen, sagte etwas in mir, dann geschehen Wunder. Wie heißt es in einem alten Schlager: „Wunder gibt es immer wieder, heute oder morgen werden sie geschehn". Vielleicht liegt in der Adventszeit das Wunder der Gottesnähe vor uns.

Können wir hoffen, dass Wunder wieder geschehen werden, dass Gott die Menschen berührt durch ein einziges Gebet? Wir werden es nicht erfahren, wenn wir es nicht versuchen.

Wenn der Winter kommt

W ie in einem Märchen, das sein Land unter der Zucker-
watte feiner Flocken versteckt, tauchte unser Garten
im zartblassen Weiß der Schneehaube unter. Der kalte
Grund, schockgefrostet, knarrte und klirrte, der Winter
schlug sein schweres Zepter auf das Herz dieser Erde, während unverdrossene Wintergäste nach letzten Früchten und
Körnern suchten.

Die vergessenen Beeren glänzten im Kältelicht wie Laternen, kleine Wärmespender für dunklere Zeiten. Doch unter
der Frostschicht herrschte ein reges Treiben. Käfer verbar-
gen sich und Würmer, Insekten verpuppten sich, Tiere hielten Winterruhe, die Saat bereitete sich auf das Keimen vor
und Wurzelstöcke auf den Austrieb.

Und ich? Fand keine Ruhe in der oberflächlichen Läh-
mung der Natur, dem offenen und sichtbaren Vergehen und
Sterben. Mich drängte das Dunkelgrau zurück ins Haus, in die
gewärmte Stube vor das flackernde Kamin, in die heimische
Geborgenheit.

Das verlöschende Lebensfeuer aber begann, in mir eigene Märchen zu spinnen. Konnte ich der natürlichen Meta-
morphose etwas entgegensetzen, den Tieren helfen, die Käl-
teperiode zu überstehen?

Ich hing im Garten Futterhäuschen auf, streute Körner
und allerlei Nahrhaftes auf die Schneedecke und wartete, bis
die verbliebenen Vögel im Nebeldunst Kreise zogen, bevor
sie hinabstürzten in das ausgelegte Nahrungsparadies, an
Grasnaben zerrten und die Ernte einfuhren.

Als das tiefe Sonnenlicht den Tag erhellte und der Schnee
die Gräben überspielte, balgten sich draußen Kinder, übten

sich in der Kunst des Schneemannbauens, fochten mit Möhren, kämpften um schwarze Kohle, um dem Winter ein Gesicht zu geben. Und dies mit dem größten Vergnügen und Eifer, den die kindliche Seele zu bieten hat, Winterfreude pur.

Jetzt hüpfte ein Eichhörnchen unter unseren Nussbaum. Es hatte wohl Walnüsse versteckt und suchte nach dem Vorrat. Ein anderes kam hinzu und beide gruben im Schnee. Als das erste Eichhörnchen, es war wohl ein älterer Nager, die Walnuss mit den Krallen festhielt, sprang das jüngere Tier ihm auf den Schwanz und schubste es weg. Das angegriffene Eichhörnchen ließ die Frucht fallen und fauchte den Jungspund an. Sie rangen miteinander bis irgendwann das jüngere Tier abließ und davonsprang.

So ist der Winter, dachte ich. Der Hunger entfesselte selbst bei friedfertigen Wesen die Kampfeslust und den Anspruch aufs Überleben mit all seinen Folgen. Um auch diesen Artgenossen das Überwintern zu erleichtern, stellte ich ein weiteres Futterhäuschen auf, diesmal nur für Eichhörnchen.

Und die Familienbilder sind auch gerettet

Was für eine Eselei, den Saarbrücker Weihnachtsmarkt vom höchsten Punkt aus betrachten zu wollen! Wer hatte diese Idee bloß in die Welt gesetzt?

Unser Christian kam zu Besuch und wollte der Familie etwas ganz Besonderes schenken. Was lag da näher, als uns zu einer Fahrt auf dem in diesem Jahr neu aufgebauten Riesenrad Jupiter einzuladen. Obwohl Gregor an Höhenangst litt und ich der Sache auch nicht traute. Na ja, Kinder wollen eben auch ihren Beitrag zum Familienfest leisten. Also folgten wir wie brave Kinder der Einladung unseres Sohnes. Schließlich war er extra aus München gekommen, um uns zu besuchen.

Im umgekehrten Fall wären wir über den Marienplatz gelaufen, hätten den riesigen Weihnachtsbaum mit seinen zweitausendfünfhundert Lichtern bestaunt und den traditionellen Krampuslauf miterlebt.

Saarbrücken war aber nicht München. Hier gab es keine Krippenausstellung, keinen Krampuslauf, kein Singen unterm Christbaum, sondern Chorgesang auf einer kleinen Bühne vor dem Brunnen und viele Stände mit lokalen Köstlichkeiten. Der fliegende Weihnachtsmann verzauberte die kleinen und großen Kinder, man konnte Schlittschuhlaufen oder die Weihnachtspyramide erklimmen. Es gab sogar eine doppelstöckige Almhütte. Bajuwarische Gemütlichkeit paarte sich mit erzgebirgischen Traditionen. Was wollte das Weihnachtsherz mehr!

Christian kam mit dem Intercity und brachte einen Koffer voller Kleider mit, die gewaschen werden wollten. Eine Weile war ich mit Waschen, Bügeln und Sortieren seiner Kleidung beschäftigt und packte natürlich wieder eine Kiste voll mit Lebensmittel. Das Leben in München war teuer. Erst recht für Studenten.

Am Samstag machten wir uns gemeinsam auf den Weg in die Weihnachtsstadt. Wir parkten in der Europagalerie und trafen im Einkaufstempel auf einen großen Besucherandrang. Prunkvoll glänzte der Innenraum mit großen, üppig mit Glocken geschmückten Tannenbäumen.

Als wir uns zur Straße durchgearbeitet hatten, gönnten wir uns zuerst einen Glühwein an der Weihnachtspyramide. Das tat gut. Wir kamen an der „Knips mich Weihnachtshütte" vorbei und ließen Familienbilder machen. Weihnachtsmusik dröhnte aus allen Lautsprechern und verstärkte den Lärm des Besucherstroms.

Auf der Eisbahn kreisten große und kleine Kinder, einige versuchten sich an Pirouetten und zogen alle Blicke auf sich. Andere verloren das Gleichgewicht und segelten zu Boden. Die jüngeren Schlittschuhläufer gaben ihrer Freude lautstark Ausdruck. Sie lachten, juchzten, kreischten und riefen so laut, dass die Musik fast in den Hintergrund geriet.

Wir bummelten weiter, kamen an der Winterscheune vorbei, bestaunten die Krippe vor der Galeria Karstadt und gelangten schließlich auf den Sankt Johanner Markt. Christian bekam durch die vielen Gerüche Appetit und stellte sich am Rostwurststand an. Ich wartete, bis ich an den Stand der kochenden Männer kam, um mir mit Dippelappes und Apfelmus den Magen zu füllen. Gregor gönnte sich eine Quiche Lorraine. Gut gesättigt ließen wir uns in der Almhütte nieder und stillten unseren Durst mit Glühwein.

Christian hatte seinen Fotoapparat dabei, den ich ihm vor einigen Jahren geschenkt hatte. Er fotografierte uns und die Umgebung, fing den fliegenden Weihnachtsmann ein und den Lichterglanz des Tannenbaums.

Schließlich standen wir vor dem Riesenrad Jupiter. Gregor sah hinauf und ich ahnte nichts Gutes. Auch mir war flau im Magen. Aber Christian ließ nicht locker und kaufte Karten. Wir stiegen in die Gondel ein, klappten die Bügel zu und bemühten uns um Glückseligkeit. Die Fahrt war langsam, Gottseidank.

Wir konnten uns an den Aufstieg gewöhnen. Der Ausblick über den Weihnachtsmarkt und die Innenstadt war grandios. In der Dunkelheit blitzte und glitzerte es, der Sankt Johanner Markt war ein einziges Lichtermeer. Wir vergaßen unsere Ängste. Gregor beugte sich am höchsten Punkt des Riesenrads sogar über den Rand hinaus.

„Schaut, da hinten, da ist das Seil für den fliegenden Weihnachtsmann gespannt."

Wir blickten in Richtung der Hochseilartistik. Es sah so nah aus, dass man meinen konnte, es anfassen zu können.

„So, jetzt mache ich noch ein Familienbild in der Gondel. Also ihr beiden, noch einmal lächeln", sagte Christian.

Gregor rückte an mich heran und legte seinen Arm um mich. Dabei geriet die Gondel leicht ins Schwingen.

Vor lauter Angst klammerte ich mich an Gregor und verlor dabei die Leinentasche mit den Bildern aus der Knips-mich-Weihnachtshütte. Sie segelten langsam hinab zu Boden.

Ich erschrak und Christian sagte: „Das macht nichts, vielleicht finden wir sie wieder. Wenn nicht, machen wir neue Bilder. Jetzt bitte lächeln."

Christian drückte auf den Auslöser und für einen Moment waren wir wie geblendet.

Als wir wieder unten waren, öffneten wir die Bügel. Die Servicekraft half uns beim Aussteigen.

„Sie wissen schon, dass man in der Gondel nicht herumsteigen soll. Sie könnten sonst ins Schwingen geraten."

Der Schreck ereilte mich wieder angesichts der Gefahr.

„Jetzt sind sie ja wieder unten und brauchen keine Angst mehr zu haben. An Weihnachten passen die Schutzengel besonders gut auf. Beim nächsten Mal aber bitte ruhig sitzenbleiben."

„Ja, ja, sicher", entgegnete Gregor, „das wird nicht mehr vorkommen."

„Ich hab noch was für Sie." Er ging in seine Kabine und brachte uns die herunter gefallene Tasche mit den Bildern.

„Ich glaube, das gehört Ihnen." Er gab mir die Tasche.

„Vielen Dank", sagte ich und nahm sie entgegen. Mir zitterten nachträglich die Knie.

„Ist doch alles gut gegangen, Mama", meinte Christian, „und die Familienbilder sind auch gerettet."

Katzendame Daisy jagt den Fuchs

S eit Tagen schnürte ein Fuchs auf dem Hof. Er war hungrig. Auf den Feldern waren keine Feldmäuse mehr zu finden. Sie hatten sich in ihre Höhlen verkrochen, da es ergiebig geschneit hatte. Im Heuschober hörte man ihn öfter wildern. Immer wieder fielen die Heuballen um, überall verteilten sich Strohbündel auf dem Boden. Dies war der Hauskatze nicht recht. Der Heuschober war ihr Revier. Wie sollte sie ihre Aufgabe erfüllen, wenn der Fuchs ihr die Arbeit abnahm, mehr noch. Sie fand auch keine Leckerbissen mehr. Und das verärgerte sie sehr. Wie sollte sie ihrem Frauchen aber erklären, dass sie mehr Nahrung brauchte. So entschloss sie sich, den Eindringling zu bekämpfen.

Als der Fuchs wieder einmal hinein geschlichen kam, lauerte sie schon im Stall. Eine kleine Feldmaus spielte vergnügt im Stroh. Sie war sich keiner Gefahr bewusst. Der Fuchs wollte zum Sprung ausholen, als die Katze ihn ansprang und fauchte.

Der Fuchs wunderte sich, einen Fressfeind hatte er nicht erwartet. Schließlich kam er seit Tagen in diesen Stall, um Mäuse zu fangen. Er wehrte sich und schüttelte die Katze ab. Diese baute sich vor ihm auf und fauchte weiter. Schließlich zog der Fuchs sich zurück.

„Was ist denn los, Daisy? Weshalb fauchst du denn so?", kam Frauchen angelaufen. Sie bemerkte an der Schnauze kleine Fusel. „Hast du gekämpft? Von einer Maus ist das aber nicht." Katzendame Daisy stellte sich auf und machte eine gute Miene. Als Frauchen sie streichelte, schnurrte sie zufrieden. Ich habe dir heute eine extra Portion zubereitet. Du bist in letzter Zeit magerer geworden."

Also doch, sie hatte bemerkt, dass etwas nicht stimmte. Da Katzen aber die Menschensprache nicht beherrschten, konnte sie nicht erklären, was vorgefallen war. So sah sie Frauchen nur dankbar an und schmeichelte ihr mit einem herzerfüllten Miauen. Der Fuchs tauchte am nächsten Tag nicht auf. Daisy stolzierte im buschigen weißen Fellkleid über die Tenne und stellte ihre Erscheinung zur Schau. Sie genoss es, wenn die Menschen sie bewunderten. Plötzlich hörte sie ein lautes Gegacker. Was war jetzt los? Sie lief in den Hühnerstall und sah, wie der Fuchs wieder lauerte, um dieses Mal ein Hühnchen zu erwischen. Das war zu viel der Frechheit. Daisy vergaß ihre Modenschau und sprang den Fuchs direkt an. Lautes Kampfgeschrei schrillte über den Hof. Das Frauchen kam angestürmt.

„Was ist passiert, Daisy, wo bist du?" rief sie aufgeregt. So ein martialisches Fauchen war Daisy nämlich fremd. Es musste eine gute Erklärung dafür geben. Daisy biss dem Fuchs in den Rücken. Dieser wiederum schüttelte um sich, um die Angreiferin wieder loszuwerden.

Als Frauchen in den Stall kam und die Kampfhähne sah, erschrak sie. Sie nahm einen Besen, um den Fuchs zu vertreiben. Daisy sprang ab und fauchte weiter mit aufgerissener Schnauze. Die Hühner gackerten so laut, dass auch der Bauer angerannt kam.

„Du lieber Himmel, was ist denn hier passiert?" fragte er.

„Ein Fuchs ist in den Hühnerstall eingedrungen. Daisy hat die Hühner verteidigt", sagte Frauchen.

„Da müssen wir uns einen Schutz überlegen. Wenn der einmal auftaucht, sind unsere Hühner nicht mehr sicher. Das ist aber schlau von der Katze, uns mit dem Krach aufzustöbern. Sonst hätten wir das gar nicht mitbekommen. Gut gemacht, Daisy", lobte der Bauer. Frauchen freute sich ebenfalls und versprach ihrer tierischen Gefährtin ein opulentes Weihnachtsmenue.

Der Umzug

*D*as war's! Gerlinde Bottendrop saß auf den Koffern und Kisten. Wo sollte sie hin? Bis zuletzt hoffte sie, dass die Räumungsklage keinen Erfolg haben würde. Doch vergeblich! Das blieb ihr also von einem arbeitsreichen Leben. Das Sozialamt hatte ihr eine neue Wohnung zugewiesen, ganze dreißig Quadratmeter. Ja, ja. Wer weiß, in welche Gesellschaft sie kommen würde. Nahm sie die Hilfe nicht an, wäre sie wohnungslos geworden, obdachlos, eine Nichtsesshafte, wie es im Amtsdeutschen heißt. Als Frau mit sechsundsechzig Jahren.

Sie konnte es immer noch nicht fassen, dass Wilhelm alles verspielt hatte. Nun, da er vor vier Monaten an seiner Leberzirrhose starb, erbte sie die ganzen Schulden. Das Haus konnte sie nicht halten. Hätte sie den Rat ihrer Freundin befolgt und sich rechtzeitig getrennt, wäre ihr dieser Schlamassel erspart geblieben. Aber sie konnte das nicht, ihn einfach im Stich lassen. Schließlich galt der Treueschwur für die guten und die schlechten Zeiten.

Mit Wilhelm hielten sich die guten Zeiten allerdings in Grenzen. Anfangs umsorgte er sie, fast vorbildlich. An alles hatte er gedacht. Berufsunfähigkeitsrente, Risikolebensversicherung, zusätzliche Rentenvorsorge mit Aktien... . Als der Börsenkurs einbrach, waren alle Ersparnisse dahin. Sicher unterrichtete die Bankangestellte sie über das Risiko. Aber kauften nicht all ihre Bekannten diese Aktien? Die offensive Werbung versprach absolute Zuverlässigkeit und hohe Gewinne. Den Börsencrash sah damals niemand voraus. Dies hätten sie noch verschmerzen können, wäre Wilhelm nicht Knall auf Fall arbeitslos geworden. Insolvenz, einfach so. Das stetige Risiko, in der Industrie zu arbeiten. Ebenfalls der Wirtschaftslage geschuldet. Die Lebensplanung geriet völlig aus den Fugen und Wilhelm kam unter die Räder. Er fing an zu trinken, ging ins Casino in der Hoffnung, das große Los zu ziehen.

Wäre er doch nur ein kleiner Beamter gewesen! Dann hätte er einen Versorgungsanspruch bis ans Lebensende gehabt. Die Besoldung reichte ihm aber nicht, nein, er wollte gleich das große Geld verdienen. Immer mehr haben wollen, immer bis an die Grenzen des Machbaren gehen, das war seine private Gewinnmaximierung.

Nun gut, sie hätte ja ebenfalls berufstätig sein können, aber Wilhelm wollte das nicht. Das entsprach nicht seinem Anspruch. Seine Frau sollte Hausfrau sein, sollte sich ganz der Familie widmen, selbst dann noch, als Katja heiratete und wegzog. Sie lebte inzwischen in Amerika. Der Kontakt bröckelte ganz langsam ab.

Zugegeben, sie hätte sich mehr bemühen können. Sie hatte ja nur eine Tochter. Aber dieses zermürbende Warten auf die Rückrufe, die sich häufenden Absagen der Besuche, das Ausbleiben der Geburtstagswünsche, ganz abgesehen von gemeinsamen Weihnachtsfeiern, nein, sie wollte nicht das Gefühl haben müssen, lästig zu sein. Sie lebte nach dem Prinzip, Eltern können etwas für ihre Kinder, aber Kinder nichts für die Eltern. Sie hielt nichts davon, aus einem Pflichtgefühl heraus beachtet zu werden. Das war ihr zu wenig. Sie wollte geliebt werden, so wie sie ihre Familie geliebt und für sie gelebt hatte.

Aber vielleicht war dieser Anspruch an das Leben ebenfalls zu hoch gewesen, auch am Limit. Vielleicht war ihre jetzige Situation das Ergebnis dieser Lebensphilosophie. Oder eine Strafe Gottes? War sie nicht fromm genug gewesen? Sie hatte nicht jeden Sonntag den Gottesdienst gefeiert oder täglich gebetet. Das Schicksal zeigte ihr die rote Karte, unerbittlich. Also, es nützte nichts! So sehr sie auch darüber nachdachte, was der Grund für diesen sozialen Abstieg war, so wenig änderte dies daran, dass gleich ein Umzugswagen kommen würde, ihre Sachen aufladen und sie in einen sozialen Wohnungsbau bringen würde.

Jetzt war sie ein Sozialfall! Schrecklich dieser Gedanke. Die große Witwenrente, die sie erhielt, weil sie keinen eigenen Rentenanspruch erworben hatte, war dennoch viel zu klein. Das Sozialamt billigte die Aufstockung und das Wohngeld für die Sozialwohnung. Verhungern würde sie nicht, aber war das noch ein menschenwürdiges Leben?

Es klingelte. Da waren sie schon, die Umzugshelfer. „Wir haben den Auftrag, die Wohnungsräumung zu vollziehen, ich bin übrigens Herr Schmitt, und das ist Herr Stedefreund", sagte der Mann im blauen Arbeitsoverall.

„Kommen Sie herein, ich habe, so weit es ging, schon alles zusammengepackt", sagt sie mit tonloser Stimme. Die Helfer hoben die Kisten auf und trugen sie in den Transporter. Dann durfte sie einsteigen.

„Wo komme ich denn hin?" fragte sie schweren Herzens Herrn Schmitt.

„Das ist ihre neue Adresse, Schillerstraße dreiunddreißig, erster Stock. Sie haben Glück, dass vor acht Tagen die Dame, die dort gewohnt hat, in ein Pflegeheim gebracht wurde, Demenz, wissen Sie. Sonst wären Sie in eine Art Sammelunterkunft gekommen, ein Zimmer mit Küche, gemeinsames Bad auf dem Flur. Ja wirklich, sie haben viel Glück gehabt."

Frau Bottendrop sah überrascht aus. „Ist das wirklich war, ich habe eine abgeschlossene eigene Wohnung?"

„Ja", sagte Herr Schmitt, „das ist schon etwas ungewöhnlich. Als wir gestern diese Adresse erhielten, waren wir auch überrascht." Gerlinde Bottendrop war etwas erleichtert.

Wenigstens konnte sie ein unabhängiges Leben in diesem Haus führen. Niemand würde den Zutritt zum Bad behindern oder sie gar belästigen können. Dafür musste sie Gott danken.

Sie bogen in ein mittelständiges Wohngebiet ein. Schillerstraße, da gab es doch ihres Wissens gar keine Sozialbauten.

„Sind Sie sicher, dass ich in der Schillerstraße wohnen werde?" fragte sie jetzt ungläubig.

„Ja, wir haben von der Caritas diese Adresse erhalten. Gewöhnlich bringen wir dort niemand unter, wissen Sie. Aber in Ihrem Fall sieht das, wie schon gesagt, anders aus. Da hat wohl einer nachgeholfen"

„In meinem Fall? Nachgeholfen? Wie ist das zu verstehen?" fragte Gerlinde erstaunt.

„Dieses Rätsel kann ich leider nicht für Sie lösen. Mehr hat man uns auch nicht gesagt. Wir haben uns ebenfalls etwas gewundert. Sie müssen einen Schutzengel haben. Freuen Sie sich doch, dass Sie Weihnachten in einem neuen ordentlichen Zuhause feiern können. Das ist in ihrer Lage nicht selbstverständlich", sagte Herr Stedefreund.

Sie bogen noch einmal rechts ab und dann konnte sie das Straßenschild lesen, Schillerstraße, tatsächlich.

Hatte sie der liebe Gott doch nicht ganz vergessen, fiel ihr ein. Konnte das wirklich wahr sein, fragte sie sich. Aber weshalb sollten ihr diese Leute etwas Falsches erzählen. Dazu gab es keinen Grund.

„So, da sind wir", sagte Herr Schmidt, zog die Handbremse an, stieg aus und öffnete ihr die Tür. Frau Bottendrop kletterte aus dem Transporter.

„Das sind Ihre Schlüssel", sagte Herr Schmitt und gab sie ihr, damit sie aufsperren konnte. Sie ging zur Tür. Jemand öffnete sie von innen. Eine Frau mittleren Alters kam heraus.

Sie traute ihren Augen kaum. Das war ja... Katja, ihre Tochter!

„Hallo Mama", rief sie, nahm sie in den Arm und drückte sie ganz fest. „Es tut mir so unendlich leid, dass ich mich nicht mehr gemeldet hab. Als ich hörte, dass Papa gestorben sei und du das Haus verkaufen musstest, bin ich, so schnell es ging, nach Deutschland gereist, um dir eine Wohnung zu mieten. Warum hast du denn nicht sofort angerufen. Ich wäre doch sofort gekommen."

Gerlinde fing an zu weinen, sie schluchzte unaufhörlich und sagte nur: „Entschuldige, entschuldige bitte, dass ich dir nicht mehr vertraut habe. Ich wollte dir nicht lästig werden und in dein Leben einfallen."

„Du und mir lästig? Du bist doch meine Mutter und hast immer gut für mich gesorgt. Auch wenn das nicht immer so einfach war. Ich freue mich, wenn ich dir davon etwas zurückgeben kann. Ich hab doch nur eine Mutter."

Sie gingen in die Wohnung, brachten alle gemeinsam ihre ganzen Habseligkeiten noch oben. Katja hatte in der Küche, die sie voll möbliert von der Vormieterin übernommen hatte, den Kaffeetisch schon vorgedeckt und setzte den Kaffee auf.

„So, nun schau. Ich hab dir die Bilder deiner Enkelkinder mitgebracht. Sie kommen übrigens alle nächste Woche mit Hermann nach, damit wir gemeinsam mit dir Weihnachten feiern können. Und das wollen wir ab jetzt immer so halten. Und zu meinem Geburtstag kommst du nach Amerika."

Nordischer Advent

Dezember 2014

S chneidender Eiswind des Nordmeers schlug Böen in den Hafen. Die Fähre, die zur nächsten Überfahrt am Kai lagerte, schaukelte. Der Wellenschlag peitschte gegen ein gelöschtes Frachtschiff, skandiert von Möwen im Aufwind, die über dem Futterplatz kreisten.

Am Fuße der Meeresbrücke, auf der hoch oben am höchsten Punkt der Stahlseile ein Tannenbaum strahlte, warfen die weißen Schmuckhäuser der Stavanger Altstadt weiße Lichter auf die Wasseroberfläche. Sie spiegelte den weihnachtlichen Glanz leuchtend wider. Die Masten der Segelschiffe blinkten zurück. Abgetakelt ruckten sie an den Seilen, als wollten sie sich vor der frohen Botschaft verneigen. Fast schien es so, als erwiesen sie dem Patron der Seefahrer, dem Heiligen Sankt Niklas, die Ehre und dankten ihm für die christliche Seefahrt.

Am Stavanger Dom hingegen herrschte Hochbetrieb. Unzählige Seevögel kreisten und pendelten zwischen Ölplattformen und Hafengelände hin und her. Dutzende Möwen schrien, beißend, ohrenbetäubend, gellten aus vollem Hals, drohten sich mit Flügelschlagen im Kampf um die besten Sitzplätze. Eine Möwe flog auf, landete auf der Haube der Parklaterne und thronte fortan majestätisch mit himmlischer Aussicht über den lärmenden Artgenossen. Davon unberührt paddelten im benachbarten See Schwäne und Enten. Sie störten sich nicht am Gerangel jenes Vogelvolks, sondern putzten ihr Gefieder für den Goldlack, den die späte Wintersonne über die Wasserhaut sprühte.

Passanten stapften über die Pflastersteine der Gassen in die Fußgängerzone. Die Straßenseiten verbanden Lichtgirlanden mit Weihnachtskugeln zu einer Lichterallee. Wir bummelten von Geschäft zu Geschäft, staunten über die glitzernden Kleidungsstücke, die nordische Haute Couture.

Nicht nur die Heilige Luzia wurde mit einem Lichterfest geehrt. Das Weihnachtsfest wurde hier in glanzvoller Ausstattung sehr nobel gefeiert. Eine Dame kam aus der Umkleidekabine und hatte ein Etuikleid aus silbernem Seidenstoff angezogen. Jetzt legte die Verkäuferin ihr ein Collier aus Strasssteinen an. Was für ein Funkeln.

Große rote Kerzen flackerten vor den bunten Fassaden der Häuser der Altbauten in den Laternen. Unter den Heizstrahlern der Kaffeehausmarkisen polsterten Servicekräfte die Sitzbänke mit Lammfellen, lila Kissen und roten Decken sorgfältig aus. Gäste, die sich in der Abendsonne vor den Gasthäusern niederließen, erholten sich von den Strapazen der vielen Einkäufe.

Hinter den Fenstern im Pub genossen die Gäste heiße Schokolade und andere Weihnachtsgetränke. Auch wir hatten uns in eine Ecke gezwängt und schlürften einen heißen Kakao. Aus den Lautsprechern tönten englische Weihnachtslieder, in denen es schneite und Rentiere durch den Schnee stapften. Lieder in der Landessprache waren jedoch die Ausnahme.

Über allem ragte draußen in der einsetzenden Dämmerung die Kirchturmspitze. Steile Gassen führten zu ihr hinauf wie ein Sternenlauf, Pilgerwege für Besucher und Tauben. Der Wind flüsterte merry christmas und verströmte in den Straßen den Harzgeruch der Tannengebinde.

Die Einladung

Im Wohnzimmer sitzt der Ehemann am Tisch und liest in einem Buch. Auf dem Tisch liegt Weihnachtsdekoration. Die Gattin hat einen Schreibblock vor sich liegen und einen Stift in der Hand.

Sie: Rudolf...
Er: Ja...
Sie: Weißt du, dass bald Weihnachten ist?
Er: Ja, - und?
Sie: Wir müssten das Fest vorbereiten.
Er: Das müssten wir.
Sie: Wen sollen wir einladen?
Er: Wie immer...
Sie: Was heißt, wie immer?
Er: Wie jedes Jahr.

(Pause)

Sie: Rudolf
Er: Ja...
Sie: Aber die Tante Anna lebt doch nicht mehr...
Er: Nein, die ist gestorben...
Sie: Wir könnten dafür jemand anderes einladen...
Er: Ja, das könnten wir...
Sie: Also, wen sollen wir denn einladen?
Er: Ich weiß nicht...

(Pause)

Sie: Rudolf…

Er: Ja…

Sie: Wenn wir ihre Nichte einladen würden, wäre der Platz wieder besetzt.

Er: Ja, das wäre er.

(Pause)

Sie: Rudolf…

Er: Ja..

Sie: Dann sag doch mal was dazu…

Er: Wozu?

Sie: Ob wir die Nichte einladen sollen?

Er: Mir ist egal, wen du anstatt der Tante Anna einladen willst.

Sie: Aber beteiligen könntest du dich schon daran.

Er: Woran?

Sie: *(verärgert)* An der Planung!

Er: Ja, das könnte ich.

Sie: Und warum tust du es dann nicht?

Er: Ich lese gerade ein Buch.

Sie: Das könntest du doch auch nachher lesen.

Er: Nein, nein, jetzt ist es gerade spannend.

Sie: *(wird lauter)* Die Planung ist auch spannend.

Er: Aber es ist jedes Jahr dasselbe.

Sie: Ist es eben nicht. Die Tante ist gestorben…

Er: Dafür kann ich nichts.

Sie: Aber du könntest mich unterstützen!

Er: Ja, das könnte ich.

Sie: Und warum tust du es dann nicht?

Er: Weil ich ein Buch lese.

(Pause)

Sie: Rudolf...

Er: Ja...

Sie: *(laut)* Jetzt sag doch mal was dazu?

Er: Das habe ich doch.

Sie: Das hast du eben nicht!

Er: Es ist mir egal, wen du einladen willst!

Sie: (*ziemlich laut*) Rudolf, jetzt sag mir endlich, was du denkst.

Er: Aber das habe ich doch!

Sie: *(schreit)* Hast du eben nicht. Du sitzt nur da und liest ein Buch.

Er: Was regst du dich denn so auf?

Sie: *(schreit)* Wenn es dir egal ist, können wir die Feier auch ausfallen lassen. Dann feiern wir eben allein.

Er: Endlich hast du verstanden, was ich will.

Aller Ehren wert

„Wirst du wohl stehen bleiben", rief Berta der Gans zu und rannte ihr hinterher. „Du hast den Auftrag, als Festmahl an Weihnachten den Gaumen zu verzaubern. Das ist doch aller Ehren wert." Die Gans ließ sich davon nicht überzeugen, halb rannte, halb flog sie durch die Wiese hinaus in das angrenzende Waldstück. Es war nichts zu machen. Die Gans entschwand in Windeseile mit hysterischem Gegacker und Flügelschlagen.

„Kinder", erklärte Berta, als sie außer Atem wieder zurück ins Haus kam, „mit dem Festbraten wird es an Weihnachten nichts werden. Amalie ist davon geflattert. Wir müssen uns mit Kartoffeln und Vanillepudding begnügen."

„Ich hätte Amalie sowieso nicht angerührt. Sie ist meine Freundin und Freunde verspeise ich nicht", meinte klein Rita.

„So gesehen hast du Recht. Amalie ist die einzige Gans, die uns geblieben ist. Was soll's. Am besten, ihr geht sie nach dem Frühstück suchen. Wisst ihr was, ich mache für heute Abend euer Lieblingsessen, Thüringer Klöße mit Specksoße."

„Au fein", rief jetzt Peter, „das wird bestimmt der schönste heilige Abend, den wir bis jetzt gefeiert haben."

Klein Rita und der größere Bruder Peter machten sich also auf in den Wald. Sie würden Amalie sicher bald gefunden haben. Die Federspur war nicht zu übersehen. Aber sie endete plötzlich hinter einem Baum.

„Amalie", rief Rita immer wieder, „Amalie, du kannst jetzt rauskommen. Du wirst nicht gebraten. Mutter macht Thüringer Klöße."

Doch vergeblich, die Gans ließ sich nicht blicken. Etwas abseits fanden sie blutige Blätter.

„Nein", rief Rita vor Schrecken, „das kann nicht sein. Amalie hat kein Fuchs geholt. Doch nicht unsere Amalie." Rita heulte unaufhörlich auf dem Rückweg.

„Sei nicht traurig," versuchte Peter sie zu trösten, „irgendwann wäre auch sie gestorben. Wie all die anderen Gänse. Dieser Fuchs hat alle unsere Gänse geschnappt. Sie wird jetzt im Gänsehimmel sein."

„Wenn Papa noch leben würde, wäre der Zaun bestimmt rechtzeitig fertig geworden", schluchzte sie.

„Papa ist auch im Himmel", murmelte Peter traurig.

Zu Hause angekommen lief Rita tränenüberströmt in die Arme ihrer Mutter und weinte.

„Mama, Mama, jetzt ist Amalie doch tot. Der Fuchs hat sie gefressen. Dieser böse Fuchs."

Berta versuchte, ihre Kinder zu trösten. Obschon sie selbst genau so traurig war. Sie dachte an ihren geliebten Mann, der im letzten Jahr verunglückte. Sie hätte die Gans nicht auf den Speiseplan setzen dürfen. Wenn sie geahnt hätte, dass Rita sie so sehr ins Herz geschlossen hatte, wäre sie nie auf diese Idee gekommen. Nun war es zu spät. Dieses Weihnachten würde schrecklich werden, dachte sie und betete zu Gott, dass er ihr genügend Kraft schenken würde, um die Kinder trösten zu können und wieder zum Lachen zu bringen.

Am Nachmittag schmückten sie gemeinsam den Weihnachtsbaum. Im Gänsestall bauten sie die große Krippe auf, die ihr Mann geschnitzt hatte. Sie war fast lebensgroß. Die Krippe füllten sie mit Stroh und legten Ritas Puppe als Jesuskindchen hinein. Dann gingen sie wieder zurück.

Als die Sonne untergegangen war und der Himmel voller Sterne blitzte, suchten sie in der schönsten Sonntagskleidung wieder den Gänsestall auf, um vor der Krippe Weihnachtslieder anzustimmen. Berta zündete die großen Kerzen der Windlichter an, die in jeder Ecke standen. Das Licht fiel auf die Krippe.

„Ihr Kinderlein kommet", begann Berta zu singen und Rita und Peter stimmten ein. Doch irgendetwas rührte sich in der Krippe. Es raschelte. Rita nahm ein Windlicht und hielt es über die Krippe. Ein heftiges Flügelschlagen folgte und lautes aufgeregtes Gegacker.

„Ha", rief Rita aus, diesmal in wahrer Freude. „Da ist ja Amalie, Amalie lebt!"

Jetzt konnte auch Peter und ihre Mutter sie erkennen. Die Gans Amalie lag in der Krippe und hielt die Puppe warm.

„Das glaub ich jetzt nicht", staunte Berta, „das gibt es doch gar nicht."

Amalie gackerte vergnügt in der Krippe und umschlang das Puppen-Christuskind.

„Da hast Recht, Amalie, das ist auch aller Ehren wert. So hat das Jesuskindlein es schön warm."

Berta strich der Gans über den Kopf.

„Liebe Amalie, verzeih mir bitte, dass du in den Kochtopf solltest. Von jetzt an bist du unser Gast. Das hätte Bernhard bestimmt auch getan."

Sie sangen Weihnachtslieder, Rita nahm Amalie danach in den Arm und trug sie ins Wohnzimmer. Dort packten alle gemeinsam die Geschenke aus, aßen Thüringer Klöße und zum Nachtisch Vanillepudding mit Schokoladensoße.

Als im Köllertaler Dom das Licht ausging

*D*ie Kirche würde proppenvoll werden, hundertprozentig. Der einzige Chefdirigent, Musikprofessor und Domkapellmeister, der aus Püttlingen stammte, gestaltete mit seinem Sinfonieorchester und dem Chor in diesem Jahr im Köllertaler Dom die Christmette, so hieß die Pfarrkirche in der Stadt, weil zwei große aufragende Türme den Eingang flankierten.

Der Förderverein hatte eine große Werbeaktion gestartet. Alle kamen, die Müllers, die Meyers, die Maurers, kurzum alles was Rang und Namen hatte. Die Bevölkerung strömte bereits dreißig Minuten vorher in das Kirchengebäude, denn nur die ersten Reihen waren für die Honoratioren der Stadt reserviert. Selbst die Ministerpräsidentin, die ebenfalls aus dieser Stadt stammte, hatte sich angesagt.

Tagelang war man damit beschäftigt gewesen, den Kirchenraum zu schmücken. Festlicher als festlich wurde er ausstaffiert, alle Kerzenhalter und Zelebrationsgefäße poliert, die eigens hierzu ausgesuchten Tannenbäume links und rechts neben dem Hochaltar aufgestellt und mit roten und goldenen Glocken, Strohsternen und viel Lametta prachtvoll geschmückt.

An den Kirchenbankreihen des Hauptschiffes prangten Bögen aus Tannenzweigen mit roten und weißen Weihnachtssternen, zusammengehalten von seidenen, bodenlangen weißen Schleifen. Die Ministranten waren dazu eingeteilt, die Beleuchtung einzurichten für die Tannenbäume, die Kerzen und die Krippe. Aus Brandschutzgründen wurden nur vor dem Altar weiße Wachskerzen in den prunkvollen Kandelabern befestigt. Bei soviel öffentlichen Persönlichkeiten durfte man kein Risiko eingehen, schließlich stammte selbst der Polizeipräsident aus der Köllertalstadt.

Selbstverständlich empfanden die Messdiener es als eine große Ehre, den Pfarrer der Kirche bei diesem Gottesdienst zu unterstützen. Nur Ministrant Michael aus der vierten Klasse durfte nicht mithelfen. Seitdem er zum Geburtstag einen elektrischen Baukasten geschenkt bekam, war nichts mehr vor ihm sicher. Ständig löste er einen Kurzschluss aus.

Die Eltern waren bereits völlig entnervt, denn er wollte unbedingt für die weihnachtliche Außenbeleuchtung ihres Anwesens sorgen. Und da der kleine Michael nicht hören wollte und es auch als eine Schmach empfand, von den Vorbereitungen der Beleuchtung ausgeschlossen worden zu sein, er war schließlich Klassenbester, beschloss er kurzerhand, sich nach der Generalprobe davon zu überzeugen, dass seine Mitstreiter auch alles richtig gemacht hatten. Außerdem kam er auf die Idee, den Gottesdienst mit einem besonderen Glockengeläut zu bereichern. Nach der Predigt sollten sämtliche Glocken erschallen, als Zeichen der rühmlichen Geburt des kleinen Jesuskindchens.

Hierfür wartete er, bis alle nach der Generalprobe den Kirchenraum verlassen hatten. Er lief hinter die Krippe, die vor dem rechten Seitenaltar aufgebaut war, um sein Werkzeug zu holen, das er dort vorher versteckt hatte. Für das Hinzuschalten des Glockengeläutes benötigte er seiner Meinung nach ja nur eine Überbrückung zum Haupttransformator der Beleuchtungsanlage. Der Glockenturm wurde schließlich nicht mit Starkstrom betrieben. Das zumindest hatte er erfragt. Die erste Bank, die Krippe und die unteren Zweige der Tannenbäume bestückte er zusätzlich mit solarbetriebenen Lichterketten, die er tagelang vorher in die

Wintersonne hing, damit sie sich aufladen konnten. Als er alles installiert hatte, verließ er die Sakristei durch das Fenster der Toilette, denn das Gotteshaus wurde nach der Generalprobe verschlossen.

Als sich vor Beginn der Christmette alle begrüßt, zugenickt oder zumindest zugewunken hatten, ließen sie sich auf den Kirchenbänken nieder. Die ganze Messdienerschar, zu der auch Michael gehörte, kam unter brausenden Orgelklängen aus der Sakristei gepilgert, wandelte das rechte Seitenschiff hinunter, um vom Eingangsportal aus wieder durch das Hauptschiff zum Altar zu ziehen.

Das Eingangslied wurde angestimmt. „Tauet Himmel, den Gerechten, Wolken regnet ihn herab", schallte es durch den Sakralraum.

Der feierliche Gottesdienst begann, die Lektorin las aus dem Brief des Paulus an Titus: „Die Gnade Gottes ist erschienen, uns alle zu retten..." Ein Halleluja-Wechselgesang zwischen Kantor und Gemeinde folgte. Während dessen ging der Pfarrer, begleitet von zwei Messdienern, mit dem Evangelienbuch an das Pult, legte es dort ab, schwenkte den Weihrauchkessel hin und her und begann, das Evangelium nach Lukas vorzulesen. „Es begab sich aber zu der Zeit..."

Der kleine Michael hatte sich inzwischen unbemerkt hinter die Krippe geschlichen, um den Abschluss der Predigt nicht zu verpassen, denn dort stand sein Umschalttransformator, der das Geläut in Gang bringen sollte. Die Predigt dauerte gut fünfzehn Minuten. Die Menschen wurden dazu aufgerufen, sich wie Brüder und Schwestern zu verhalten. Dann kam der große Moment. Michael drehte den Schalter nach links. Stromausfall im Kirchenschiff, die gesamte Beleuchtung fiel aus, es wurde stockdunkel. Nur die Kerzen vor dem Altar brannten noch. Ein unruhiges Raunen machte sich breit, manchen entwich ein ängstlicher Schreckensruf.

Plötzlich erschallte das Glockengeläut und nach einem kurzen Moment der Dunkelheit fingen die Solarlichterketten an zu flackern, so als wollten sie den geheimnisvollen Zauber dieser Nacht den Christen noch einmal vor Augen führen. „Oh", entwich es den nun staunenden Gottesdienstbesuchern voller Entzücken.

Gut, dass wenigstens die Orgel mit einem eigenen Stromkreis abgesichert war. Der Organist griff in die Tasten und spielte blind, der Chor stimmte das Credo an. Jetzt zahlte es sich aus, dass sie so intensiv geprobt hatten und die meisten alles auswendig singen konnten. Nachdem das Glockengeläut verstummt war, drehte Michael den Schalter wieder um und, welch ein Wunder, die Beleuchtung funktionierte wieder.

Am nächsten Morgen im Hochamt erzählte man sich von dem kurzzeitigen Stromausfall, dem ergreifenden Zauber des Glockengeläuts und der Notbeleuchtung. Da die Überprüfung der elektrischen Leitungen keinen Fehler erkennen ließ, vermutete man, dass wohl der Herre Christ die Glocken eingeschaltet hatte, um sich für das feierliche Fest zu bedanken. Ministrant Michael indes freute sich riesig über die Begeisterung der Kirchgänger, welche er durch seinen, wenn auch nicht perfekten, aber dennoch unbekannten und unerlaubten Einsatz, ermöglicht hatte. Bis heute weiß übrigens niemand, wer den Herre Christ bei dieser wundersamen Aktion unterstützt hatte.

Winter- und Weihnachtsgedichte

Winternacht

Engelflügel leise nahen
aus der gottesfrommen Zeit.
Christrosen im Blütenkleid
zartes Reis im Schneefeld sahen.

Und sie strahlten auf, behüten,
eingehüllt in Gottes Wille,
Jesses Spross in weißer Stille,
freudvoll alle Knospen sprühten.

Wunderheilig glänzt die Nacht,
wenn die Botschaft Herzen weitet,
Sternenlicht am Himmel gleitet
und das Gnadenkind uns lacht.

Liebeslicht

Liebesewigkeit
brachte der Engel des Herrn.
Unendliche Gewissheit allen Lichts.

Maria brachte es zur Welt,
Verkörperung reiner Liebe,
Leuchterin, Leihmutter Gottes,
Königin fruchtbaren Geistes,
Schöpferin aus Demut und Willen.

*Und das Wort ist Fleisch geworden
und hat unter uns gewohnt. (Joh 1.14)*

Strohfeuer

Die Terrasse zieht sich zurück
vor dem Frost, der Steine frisst
und totes Laub begräbt.

Mit Silbersprüchen
spiegelt Schneestaub Licht,
das kaltblütig Frierendes streift
und Schlupflöcher versiegelt.

Im Vereisten verzagen Tage,
zerreißen sich in Stunden,
während Dämmerung
durch Verästelungen zieht
und Strohfeuer den Himmel
zum Glühen bringt.

Winterstille

Erstarrt die Welt, der Schneebart wächst,
die Sonne sich durchs Dunkel kleckst.
Im weißen Licht die Kälte dröhnt,
das Kahlgeäst berstet und stöhnt.

Die Stille wie ein Tuch sich legt
über die Weite, unbewegt.
Ein Nebelschleier trübt die Sicht,
das Leben schweigt, hat kein Gesicht.

Nur dort, wo Hirsch und Wolf sich zeigen,
macht Leben sich die Jagd zu eigen.
Dann wird es laut, es heult und röhrt,
es klirrt und scheppert. „Unerhört!",

ermahnt der Wald zur Winterruh
und zieht die Sonnenseite zu.
Die Nacht bricht ein, das Schweigen steigt,
der Mond, genötigt, halb sich zeigt.

Und Sterne klirren mit den Spitzen.
Wo bloß die Ruhestörer sitzen?
Sie haben sich im Busch verkrochen
und alle Kämpfe abgebrochen.

Winterhoffnung

Wie grenzenlos die Dämmerung
die Weite ausdehnt in der Kälte.
Wer flüstert dem Vergrauen
helle Lichter ein?
Wer sieht durch Verwirrungen
wilder Strauchgebilde?

Zu weiß das Weiß,
zu frostig der Frost,
zu dunkel die Nacht,
um den schwachen Schein
brennender Kerzen zu erspähen.

Und doch suchen wir
im tiefsten Winter
nichts als Wärme,
sehnen uns in eisiger Kälte
nach Nähe und Berührung,
hoffen im dunkelsten Dunkel
auf das Aufgehen der Sterne.

Lichtkürze

Lichtkürze,
in die uns der Winter stürzt,
schweigt uns an.
Im Schneespiegel
klirrt das Seelengeläut
vereister Blickwinkel.

Wind schwingt
durch den Flockenfall,
kehrt mit der Tannenbürste
Stunde um Stunde leer.

Sternfäden verweben
Worte zu Gleichnissen,
vergolden Herzkristall
mit Liebesflammen,
Botenkunde
mit Kinderlachen.

Lichtpunkt

Hier hat das Licht eine Lunte gelegt,
Zündschnur allen Anfangs.
Wer redet von Härtefällen,
wenn Unausgewogenes
zur Regulierung neigt,
wenn im unendlichen Blau
Planeten flimmern und Sterne läuten?

Hier krümmt sich die Zeit
im Zielpunkt der Sonnenbahn,
dass mit der Geburt alles wiederkehrt,
was verloren schien: Wärme, Leben, Liebe.

Wenn die erste Kerze brennt

In den kalten Wintertagen
ist uns der Advent bereitet.
Tannen flüstern, Harzgeruch,
schlagen auf das Kinderbuch.
Jeder Tag, der nun vergeht,
Freude in die Herzen weht.

Brennt die erste Kerze nieder,
singen wir die schönsten Lieder.
Alle Sorgen sind verschwunden,
Vorfreude füllt unsre Stunden.
Die Geduld, Bescheidenheit,
machen Seelen wieder weit.

Wer die Botschaft spürt, erkennt
was er bedeutet, der Advent.
Gottes Wahrheit tief im Herz
braucht nur Liebe, kein Kommerz.
Christus kam in diese Welt,
dass die Liebe wieder zählt.

Engelwacht

In stiller Nacht scheint hellauf ein Licht,
das unaufhaltsam die Dunkelheit bricht.
Es glitzert und funkelt, ein Sternenmeer,
dass sichtbar wird das Schutzengelheer.

Mit goldenen Flügeln, rein und schlicht,
geben sie Gottes Geist ein Gesicht.
Sie wachen, beschützen mit süßem Gesang,
am Himmel ertönt ein Harfenklang.

Sie stehen am himmlischen Sternentor,
und tragen Gebete zu Gott empor.
Spürst du den Hauch ihrer Güte um dich,
begleitet ein Engel dich inniglich.

Siehst du hinauf in das Sternenzelt,
verstehst du, wie weit und schön ist die Welt,
wie Frieden und Hoffnung Heilung bringen;
mit Gottes Gnade wird es gelingen.

Der Brief des Herrn

In stiller Nacht, so sternenklar,
der Welt ein Wunder wird gewahr.
Vom Firmament der Ewigkeit
strömte ein Hauch von Seligkeit.

Und Engel nahen uns von fern,
verlesen uns den Brief des Herrn,
den er an alle hat geschrieben,
wir sollen unsren Nächsten lieben.

Er schickt den Sohn in unsre Zeit,
dass wir vergessen alles Leid.
Ein kleines Kind bringt uns das Licht,
schenkt Liebe, Freude, Zuversicht.

Maria uns das Glück gebar,
das Leben wird nun hell und klar.
Wenn wir an Gottes Geist uns binden,
wir unsre Hoffnung wiederfinden.

Engelzeit

Die Engel von heute, die Mädchen, die Jungen,
haben sich das Kostüm ausbedungen,
sie tragen die Flügel in weiß oder gold,
lächeln stets tapfer und sind wunderhold,
wie vor ihnen andere Engel.

Die Engel von heute, die großen, die kleinen,
wollen wie andre auf Facebook erscheinen.
Die Freizeit geopfert für all die Proben,
sie schmücken sich mit den Engelroben,
wie vor ihnen andere Engel.

Die Engel von heute, die kleinen, die großen,
posten schon früh die eigenen Chosen
auf Instagram, Twitter, Youtube-Kanälen,
wie sie performen in Kulturhäusersälen,
wie vor ihnen niemals ein Engel.

Die Engel von heute erscheinen im Licht,
zeigen auf Smartphones und Laptops Gesicht,
sie lernen zu strahlen und aufzutreten,
Feedback und Teilen sind sehr erbeten,
wie vor ihnen von keinem Engel.

Ereilt sie später die Userkritik,
die gute, die schlechte, mit nur einem Click,
stürzen manche vom Himmel hernieder,
zaudern, hadern und sammeln sich wieder,
wie vor ihnen andere Engel.
Später auf der Bühne des Lebens

erkennen sie, nichts war damals vergebens,
das Lernen, das Kämpfen, Schatten und Licht,
alles erhält ein ganz andres Gewicht.
Sie denken zurück an die Engelspielzeit,
erhoffen sich sehnlichst himmlisches Geleit
und den Schutz anderer Engel.

Engellieder

Engel fliegen dicht zusammen
in den hellsten Sternenflammen,
die der Himmel leuchten lässt
für das heilge Christusfest.

Lasst das Fest uns vorbereiten
für die Liebesewigkeiten,
dem gemeinsamen Erleben
Hoffnung und Besinnung geben.

Bratapfel und Plätzchenduft
uns wieder zusammenruft.
Kinder schneiden Sterne aus,
basteln Weihnachtsschmuck für's Haus.

Was die Finsternisse böten
macht vor Harfen halt und Flöten,
stimmt die Lieder an und singt,
Gottes Geist den Frieden bringt.

Wenn das Kind wiedergeboren,
stehen Engel vor den Toren,
Lobgesang dem heilgen Christ.
Gottes Gnad' dich nie vergisst.

Weihnachtshoffnung

In der kalten Winternacht
läuten Glocken überall
Freudenklänge, Himmelsschall,
hört, ein Kind ist uns gebracht.

Feiert froh und lasst euch nieder,
vor der Krippe singt die Lieder
von dem Fest aus lauter Licht,
mit dem himmlischen Gesicht.

Friede leitet unsre Herzen,
Liebe wird das Leid ausmerzen,
Jesulein die Welt vereinen,
dass die Sterne wieder scheinen.

Himmelswehr

Hoch am Himmel wacht ein Engel,
in der Hand das Seelenlicht.
Mitten im Sternengedrängel
er nach Menschenherzen fischt.

Schimmert rein und weiß und lieblich,
schenkt uns Mut in jeder Not.
Seine Aufgabe ist biblisch,
wirft hinab das Gotteslot.

Wartet auf uns unermesslich,
wie wir nie zu warten wagen.
Gottes Geist ist nie vergesslich,
seine Liebe wird dich tragen.

Schickt zu uns das Christuskind,
will erlösen uns vom Leiden.
Rosenduft im Engelwind
lässt uns in der Liebe weiden.

Jesses Spross in heilger Güte,
fest umwacht vom Engelheer,
sich um unsere Seelen mühte.
Gnade ist die Himmelswehr.

Plötzlich riss der Himmel auf

1

In weiter Flur Hirten Schafe hüten.
In kalter Nacht Sterne hellauf glühten.
Ein Wolkenturm im Lichtern dunkelt,
am Firmament es leise munkelt.

Die Nachtigall Psalmen tirilierte,
mit leichtem Tritt Gräser inspizierte.
Ein kleines Lamm sank in die Ruh,
das Mutterschaf legte sich hinzu.

Und plötzlich riss der Himmel auf,
das Sternenlicht strahlte zuhauf.
Ein Engel strich den Harfenklang,
verkündet das Wunder mit Gesang.

2

Ein Kind der Menschheit geboren wird,
und alle Seelen, die heillos verirrt,
heimbringt an seinen Gnadentisch,
er teilt mit uns das Brot und den Fisch.

Er trinkt den Kelch, wird am Kreuz verbluten,
damit die Menschen sich wenden zum Guten.
Zeig ihm, dass er nicht umsonst gestorben.
Mit dem Tod hat er um dein Leben geworben.

Seine Liebe dich aus dem Dunkel erweckt,
seine Gnade sich auf alle Wege erstreckt,
die du gehen wirst bis in die Ewigkeit,
die Seele lebt fort in Gottes Herrlichkeit.

Macht euch weit für das Fest

Wenn der Schnee leise fällt
in der Stille der Nacht,
ist das Licht neu entfacht,
wird von Liebe erhellt.

Engel zünden das Licht,
dass das Herz sehen kann,
mit der Dunkelheit bricht,
allem Schrecken voran.

Öffnet euch und vertraut,
denn die Seele wird frei,
folgt dem göttlichen Laut
und dem Klang der Schalmei.

Macht euch weit für das Fest
seiner ewigen Zeit.
Gott dich niemals verlässt,
kommt zu dir, mach dich weit.

Sternenmelodie

Wenn der Schnee von Dächern fällt,
leuchtet auf das Himmelszelt,
alles ruht und träumt vergessen,
Zeit wird wieder neu bemessen.

Draußen eilen viele Leute,
gehen auf Geschenkebeute,
denn die Luft ist voll Magie
dieser Sternenmelodie.

In der Nacht hörst du sie singen,
wie sie Glück und Segen bringen,
wie sie flüstern uns von Liebe,
dass das Gute in uns bliebe.

Wenn die kurzen Tage sinnen,
wir das Seelenlicht gewinnen,
Frieden suchen, unbedrückt,
Liebe leuchtet dir zurück.

In Bethlehem

Im kleinen Städtchen Bethlehem
ein Paar die Herberg fand,
finster in tiefem Schlaf vergeht
das stille Sternenland.
Doch in den dunklen Straßen
scheint auf das ew'ge Licht.
Der Jahre Hoffnung, Angst heut Nacht
sich löst, das Licht anbricht.

Mirjam gebar das Christuskind,
das Heil zur Welt gebracht.
Die Engelschar verkündete
das Wunder dieser Nacht.
Und alle Morgensterne
strahlten in heil'ger Freud,
preist Gott, den König und lobsingt
den Menschen Frieden heut.

In aller Stille ohne Laut
dies Wunder uns geschenkt.
Gott kommt zu dir ins Herz hinein,
den Blick zum Himmel lenkt.
Er kam uns zu erretten,
in Sünde lag die Welt.
Wo Seelen sich ihm öffnen weit,
tritt ein in Gottes Zelt.

Die Kinder rein und glücklich sind,
beten zum heil'gen Kind.
Wo Elend schreit, der Mutter Sohn

ist dafür niemals blind.
Er wacht mit aller Liebe
und öffnet jede Tür;
in dunkler Nacht im Glorienschein
das Christkind kam herfür.

Das heil'ge Kind von Bethlehem
segnet unser Gebet,
ist uns gebor'n, die Sünde stirbt
damit ihr aufersteht.
Die Weihnachtsengel singen,
die Glocken klingen hell:
oh komm zu uns, Herr Jesus Christ,
oh komm Emmanuel.

In stiller Nacht

Kerzenlicht in stiller Nacht
kündet von der Botenkunde,
Christus kam zu dieser Stunde,
hat Erlösung uns gebracht.

Glocken klingen aus der Ferne,
Engel hoch am Himmel stehn,
ihre Flügel leise wehn,
helles Leuchten aller Sterne.

Christus ist zu uns gekommen,
betet, singt und preist im Chor,
dass das Böse heut verlor,
seine Liebe ist vollkommen.

Heilig ist der Glanz, dies Licht,
wenn sich öffnen Herzen weit
für die Gottesewigkeit
und es dir an nichts gebricht.

Werkverzeichnis

Vermisstenanzeige. Gewidmet den ermordeten Juden des Naziregimes. Lyrik und Prosa. Vera Hewener. Libri BoD. Norderstedt 2000. ISBN 3-8311-0748-3. 2. erw. Auflage 2014. ISBN 978-3831107483.

Lichtflut. Reisenotizen. Lyrik und Prosa. Vera Hewener. Edition Calamus. Norderstedt 2001. ISBN 3-8311-1493-5. 2. erw. Auflage 2014. ISBN 987-3831114931.

Eine Neigung aus Blau. Gegenwartslyrik. Vera Hewener. Norderstedt 2002. ISBN 3.8311-3334-4. 2. Auflage 2014. ISBN 9783831133345.

Bist Himmel mir und tausend Feuerfunken. Gedichte. Vera Hewener. Mauer Verlag. Rottenburg a/N. 2003. ISBN 3-937008-46-2.

Verwirbelungen der Zeit. Vera Hewener. Lyrik mit Bildern von Carolin Isele. WiKu Éditions Paris E.U.R.L. Paris und WiKu Verlag KG Berlin 2005. ISBN 3-86553-203-9.

Es kommen andere Ewigkeiten. Gedichte. Vera Hewener. WiKu Édition Paris ISBN 2-84976-0188 WiKu Verlag 2007. ISBN 978-3-86553-189-6.

Himmelsstürme. Vera Hewener. Gedichte mit Fotografien. edition Wort Verlag Bitburg 2010. ISBN 978-3-936554-00-3.

Das Jahr: Dichtung in vier Sätzen. Vera Hewener. Gedichte mit Fotografien. BoD Books on Demand Norderstedt 2013. ISBN 978-3-7322-3168-3.

Zaubervolle Winterwelt. Gedichte, Geschichten, Notizen. Vera Hewener. Verlag BoD Books on Demand. Norderstedt 2014. ISBN 9783735761262.

Frühlingsserenade. Die schönsten Gedichte, Geschichten und Notizen zur Frühlingszeit. Vera Hewener. Verlag BoD Books on Demand. Norderstedt 2015. ISBN 978-37347-3140-2.

Die Blüte des Sommers. Sommeranthologie. Die schönsten Gedichte, Geschichten und Kalendernotizen. Vera Hewener. Verlag BoD Books on Demand. Norderstedt 2015. ISBN 978-3-7347-89540.

In der Saar schwimmen keine Krokodile. Gegenwartslyrik & Texte. Vera Hewener. Verlag BoD Books on Demand. Norderstedt 2015. ISBN 9783738635676.

Von Lorraine nach Aquitaine. Reisenotizen in Lyrik und Prosa. Reiseliteratur Band 1. Vera Hewener. Verlag BoD Books on Demand. Norderstedt 2016. ISBN 9783741210860.

Du trocknest meine Tränen wieder. Religiöse Lyrik & Texte. Vera Hewener. Verlag BoD Books on Demand. Norderstedt 2016. ISBN 9783743113589.

Zaubervolle Jahreszeiten. Der Frühling. Vera Hewener. Verlag BoD Books on Demand. Norderstedt 2017. ISBN 9783743125117.

Aus meinem Federkiel. Magische Momente. Natur & Seele. Gedichte. Vera Hewener. Verlag BoD Books on Demand. Norderstedt 2017. ISBN 9783744870511.

Zaubervolle Jahreszeiten. Der Sommer. Vera Hewener. Verlag BoD Books on Demand. Norderstedt 2017. ISBN 9783744870993.

Kerzen, Wunder, Himmels-Zunder. Vera Hewener. Lustige und besinnliche Geschichten und Gedichte zur Advents- und Weihnachtszeit. Verlag BOD Books on Demand. Norderstedt 2017. ISBN 9783744893824. 2. Ausgabe 2019. ISBN 9783738629682.

Die Jahreszeiten: Auslese. Gedichte. Vera Hewener. Verlag BOD Books on Demand. Norderstedt 2018. ISBN 9783738636017.

Werkausgabe Band I. Frühe Gedichte 1970-1999. Verlag BOD Books on Demand. Norderstedt 2018. ISBN-13: 9783746025292.

Kinder, Hund, Familienbund. Lustiges, Tierisches und Allzumenschliches in Lyrik und Prosa. Vera Hewener. Verlag BOD Books on Demand. Norderstedt 2018. ISBN 9783746056821.

Zaubervolle Jahreszeiten. Der Herbst. Vera Hewener. Verlag BoD Books on Demand. Norderstedt 2018. ISBN 9783752842135.

Christnacht, Glocken, Engelslocken. Gedichte und Geschichten zur Weihnacht. Vera Hewener. Verlag BoD Books on Demand. Norderstedt 2018. ISBN 9783748107637. 2. Ausgabe 2019. ISBN 9783741251641.

In der Saar feiern die Fische. Gegenwartslyrik & Szenen. Vera Hewener. Verlag BoD Books on Demand. Norderstedt 2019. ISBN 9783732237142. 2. Aufl. 2020. ISBN 9783752810080.

Von Brandasund bis Nasholim. Reisegedichte, lyrische Ausflüge, Geschichten und Notizen. Reiseliteratur Band 2. Vera Hewener. Verlag BoD Books on Demand. Norderstedt 2019. ISBN 9783732235841.

Tannen, Lobgesang, Weihnachtsklang. Gedichte, Geschichten, Liedtexte und Bühnenstücke zur Advents- und Weihnachtszeit. Vera Hewener. Verlag BoD Books on Demand. Norderstedt 2019. ISBN 9783750400030.

In der Saar tanzen die Schwäne. Gedichte, Geschichten & Szenen. Vera Hewener. Verlag BoD Books on Demand. Norderstedt 2020. ISBN 9783751921060.

Zaubervolle Weihnachtswelt. Geschichten, Gedichte, Stücke & Notizen zur Advents- und Weihnachtszeit. Vera Hewener. Verlag BoD Books on Demand. Norderstedt 2020. ISBN 9783752606409.

Weihnachtsklang, Lobgesang. Deutsche Gedichte und Nachdichtungen internationaler Weihnachtslieder, Gospels, Spirituals und deutsche Weihnachtslieder in moselfränkischer Mundart. Vera Hewener. Verlag BoD Books on Demand. Norderstedt 2020. ISBN 9783752606393.

Sodom und Camorra. Kurze Bühnenstücke für viele Gelegenheiten. Vera Hewener. Verlag BoD Books on Demand. Norderstedt 2020. ISBN 9783752606386.

Oh Frühling, komm! Natur, Stadt & Land. Die schönsten Frühlingsgedichte. Vera Hewener. Verlag BoD Books on Demand. Norderstedt 2021. ISBN 9783753439594.

Oh Sommer, leuchte. Natur, Stadt & Land. Die schönsten Sommergedichte. Vera Hewener. Verlag BoD Books on Demand. Norderstedt 2021. ISBN 9783753421414.

Oh Herbst, wandle! Natur, Stadt & Land. Die schönsten Herbstgedichte. Vera Hewener. Verlag BoD Books on Demand. Norderstedt 2021. ISBN 9783754320655.

Oh Winter, schneie! Natur, Stadt & Land. Die schönsten Wintergedichte. Vera Hewener. Verlag BoD Books on Demand. Norderstedt 2021. ISBN 9783754347034.

Das kleine Tännlein. Die schönsten Weihnachtgeschichten. Vera Hewener. Verlag BoD Books on Demand. Norderstedt 2021. ISBN 9783755701705.

Denn die Zeit ist des Ewigen Aufgang. Zeitgedichte von der Morgenröte bis zur Abendstunde. Vera Hewener. Verlag BoD Books on Demand. Norderstedt 2022. ISBN 9783755738756.

Denn die Nacht ist der Spiegel der Sterne. Abend- und Nachtgedichte. Vera Hewener. Verlag BoD Books on Demand. Norderstedt 2022. ISBN 9783755730125.

Verrückte Tierliebe. Tiergedichte für alle Generationen. Vera Hewener. Verlag BoD Books on Demand. Norderstedt 2022. ISBN 9783754359860.

Wellen, Wogen, Himmelsbogen. Gedichte und Geschichten über Meere, Ströme und Gewässer. Vera Hewener. Verlag BoD Books on Demand. Norderstedt 2022. ISBN 9783755734468.

Äpfel, Nuss und Mandelkuss. Weihnachtsgeschichten. Vera Hewener. Verlag BoD Books on Demand. Norderstedt 2022. ISBN 9783756223770.

Das Licht der Weihnacht. Die schönsten Weihnachtsgedichte. Vera Hewener. Verlag BoD Books on Demand. Norderstedt 2022. ISBN 9783756844197.

In Paris ist die Zeit verschwunden. Gedichte. Vera Hewener. Verlag BoD Books on Demand. Norderstedt 2023. ISBN 9783734714283. 2. erweiterte Auflage 2024. ISBN 9783759735386.

Oh Rose, Zauberblume. Rosengedichte und Geschichten. Vera Hewener. Verlag BoD Books on Demand. Norderstedt 2023. ISBN 9783738612936.

Vom Salzburger Land bis Südtirol. Reisenotizen in Lyrik und Prosa. Reiseliteratur Band 3. Vera Hewener. Verlag BoD Books on Demand. Norderstedt 2023. ISBN 9783744818124.

Weihnachtstheater. Kurze Bühnenstücke, Sketche. Vera Hewener. Verlag BoD Books on Demand. Norderstedt 2023. ISBN 9783746092607.

Heller Glanz in stiller Nacht. Neue Weihnachtsgeschichten, Gedichte. Vera Hewener. Verlag BoD Books on Demand. Norderstedt 2023. ISBN 9783755700357.

Naturgedichte. Landschaften, Städte, Jahreszeiten. Vera Hewener. Verlag BoD Books on Demand. Norderstedt 2024. ISBN 9783757830540.

Pfeift ein Vogel den Liebeslaut. Vogelgedichte, Notizen, Geschichten. Vera Hewener. Verlag BoD Books on Demand. Norderstedt 2024. ISBN 9783758371417.

Unterwegs in Deutschland. Reisenotizen in Lyrik und Prosa. Reiseliteratur Band 3. Vera Hewener. Verlag BoD Books on Demand. Norderstedt 2024. ISBN 9783759729132.